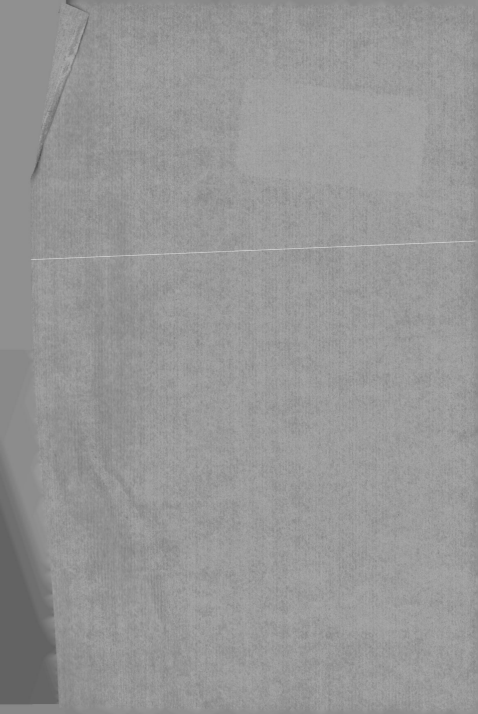

シャーリー・クラブ

パク・ソリョン

더 셜리 클럽(THE SHIRLEY CLUB)
by 박서련(Park Seolyeon)

This book is published under the support of
Literature Translation Institute of Korea (LTI Korea).

「contents」

SIDE A

Track 01

足の裏の話からしてもいい？　私って、どんなにたくさん歩いても足の裏にタコなんてできたことなかったんだよね。少なくとも韓国では。身長のわりに足が大きいからかな？　足の裏にかかる重みがなんとなく……安定的っていうか？　まあ、そのせいで散々からかわれたりもしたんだけど。足が大きかったらふつうは背も高いのに、なんでお前はチビなんだって。足がもう三センチ縮んで身長があと三センチ伸びたら、ちょうど百六十センチになるのになあ。

いちばん大きく変わったことはなにかって、訊《き》いたよね。あとになって思ったんだ。あのとき、足の裏の話をすればよかったって。できたのよ、タコが。っていうか、みんなそうなのかな？　工場ではいつも長靴を履いててね。出勤したら作業服に着替えて、フードルームに入る前に自分の足のサイズの長靴を選ぶんだ。消毒はちゃんとしてるって聞いたけど……本当かな？　はじめに足の裏の皮がめくれて、かさぶたができてさ。何週間か経つと硬くなってひび割れてきたんだよね。菌が感染《うつ》ったのか、ただ蒸れただけなのかはわかんないけど。これってタコっていうのかな？　こうやってできるもの？　タコって。硬いから勝手にタコだと思ってたんだけど。よくわかんないや。なにせ初めてのことだったから。痛くはないけど、長靴を履いてるとちょっと痒《かゆ》いかな。ううん、けっこう痒かったかも。でも硬くなってからは平気だったよ。ただ、漠然と……こんな状態で働いててもいいのかな？　チーズ工場と足の裏ってなにか関係があるのかな？　ほかの人も足の裏が気になっても我慢してるのかな？って、思ったり。

ごめん。ぜんぜんかわいくないよね、こんな話。やっぱりあのとき話さなくて正解だった。

でも、ほかになにを話せばよかったんだろう。

私がもっとたくさん秘密を打ち明けていたら、なにか変わっていたと思う？

十一月二日はアル・ヒジュラだった。

アル・ヒジュラは、イスラム教のヒジュラ暦で新年初日を意味する。十一月一日、私はバリのデンパサール空港からオーストラリア行きの飛行機に乗った。インドネシア人口の九割はムスリムで、バリ人口の九割はバリ島の土着信仰が組み合わさったヒンドゥー教の信者だという。

統計のことはよくわからないけど、こういう想像をするのは楽しい。①目を閉じて心のなかで同心円を描いてみる。②いちばん外側にある円を濃い緑で塗る。イスラム教国のパスポートの表紙の色だ。③そのなかに小さな円をもう一つ描いて、ヒンドゥー教を象徴するオレンジで塗りつぶす。外側の円はインドネシア、内側の小さな円はバリを表している。④最後に真ん中に黄緑の点を打つ。これはタクシードライバー。バリのウブドからデンパサール空港まで乗せてくれた人。バリに滞在した二十六時間で出会った人のなかで、彼は唯一のムスリムだった。ドライバーは私に、その日がヒジュラ暦の最終日だということ、つまり次の日は新年だと教えてくれた。そして、六十ドルの運賃を請求した。神のご加護がありますように。彼はそう言ってくれたけど、私には答える意欲も心の余裕もなかった。搭乗時刻が迫っていたし、よくはわからなくても、さすがに六十ドルはぼったくりにも程があると思った。全速力で空港を駆け抜けた。そして、大声でファイナルコールをしている係員の前に滑り込みセーフ。

味気ない夜景が視界から完全に消えた頃、無事離陸し、シートベルト着用サインが消えたのを確認してから、ようやく少し落ち着きを取り戻した。タクシードライバーの話がふと頭をよぎる。ある世界が終わり、ある世界が始まるこの瞬間、空中にいる……という感覚。私が未知の大陸に降り立つ朝は、ある世界の新年初日の朝でもある……という素敵な偶然。この世界の主人公になった気分だった（そんなことはないって？　わざわざ教えてくれなくてもけっこう。ちゃんとわかってますから）。

世界で二番目に暮らしやすい都市メルボルン。祭典の都市メルボルン。その年の十一月二日は、メルボルンやビクトリア州のみならず、オセアニア大陸全域で屈指の規模を誇る祭典〝メルボルンカップ・カーニバル〟の開幕日だった。メルボルンカップといえば、この二つに尽きる。まず、とてつもなく大きな競馬イベントだということ。そして、この期間はみんな変てこな帽子を被って歩くということ。

うまくいけば、飛行機のなかで感じていた主人公気分を引き続き味わえたかもしれない。初めてオーストラリアに降り立った日が、ある世界では新年の初日で、その都市最大の祭典が開かれる日だということは、考えようによってはこの世界が私を歓迎してくれているという意味ではないだろうか。でも、残念ながらそれを裏付けてくれるような出来事はそのあとには続かなかった。

予約しておいたホステルは、メルボルンの中心にあるサザンクロス駅から徒歩三分の距離にあった。サザンクロス駅はメルボルン・シティ行きの空港バスが停まる場所でもある。運行間隔が短いからか、バスはわりと空いていた。つまり、ここまではスムーズだった。なにげなく検索して偶然見つけた宿がバスの終着点のすぐ隣にあるということ、高いチケット代に見合った快適なバス、そんな素敵な巡り合わせがこの先もずっと続くだろうと思っていた。隣の車線に、生まれてこのかた見たことのない巨大なトレーラーが何台も走っていたので、それが転覆していま乗っているバスに突っ込んでくる場面を想像してみたりもした。それでも不安にならなかった。

サザンクロス駅に着いたのは午前八時半。通勤ラッシュなのか、いつもそうなのか、かなりの人混みだった。容姿も服装もさまざまな人たちが通り過ぎていく。女の人のほとんどは帽子を被っていた。作り物の羽根や宝石をあしらった派手なミニハット。

帽子……。

やっぱり私も被るべき？　オーストラリアの人はみんなあんな帽子を被っているの？　あれはどこで買えるんだろう。ぼうっと突っ立ったまま そんなことを考えていると、それまでは平気だったのに、なにも被っていない裸のつむじがだんだんと恥ずかしくなってきた。

あとから聞いた話では、あの派手な帽子はメルボルンカップの伝統のようなものらしい。

外国人の私には、競馬レースと伝統的なイギリスの帽子にどういう関係があるのかよくわからなかったのだけど……。でもそれを言うなら、韓国では端午の節句にどうしてぶらんこに乗るのか、小正月には、なぜ栗やくるみ、落花生なんかを食べるのかといったことも、異邦人にとっては理解しがたい謎の風習なわけで。多分、色とりどりの華やかな帽子で悪霊を追い払ったり、厄除けをしたり、そうでなかったら少なくとも……面白いから被っているのだろう。

メルボルンカップ開催中は、最高の帽子を選ぶファッションコンテストも開かれるそうだ。競馬なんかよりも、そっちのほうが面白そうだ。会場の人はみな思い思いの帽子を被って、帽子を一層際立たせるために地味な格好をしているはず。まるで華やかな帽子が、宿主である人間を操っているように見えるのではないだろうか。その大会の審査員は、もちろん帽子でないといけない（そりゃそうだろう。人間風情が帽子を審査するなんてもってのほかだ）。

そんな素敵な帽子が自分の頭にはないという事実に、一人取り残されたような疎外感を――疎外感というと大げさだけど――とにかく、なんとも説明しづらいちっぽけな悲しみを抱えて、キャリーケースを押したり引いたりしながら歩いていった。道中、向かい側からお揃いの赤いミニハットに、お揃いの赤いイブニングドレスを着た四人の女性が、腕を組んで歩いてきた。まるでクリスマス仕様のボウリングのピンのようだった。ふと、自分がボウリングの球になったと想像して、二十八インチのキャリーケースを持ってそのど真ん中を通り抜けたいという強い衝動に駆られたけれど、ホステルの建物の入り口が彼女たちよりも手前にあったので思いとどまった。

「チェックインは二時からです」

カウンターの上にある時計を見やった。ちょうど九時を過ぎたところだ。二時？　十四時？　ということは、あと五時間後？

「予約したんですけど。今日から泊まる予定で」

空港を出てから英語を話すのはそれが初めてだったので、正しく言えているのか、カウンターのスタッフにちゃんと伝わっているのかいまいち自信がなかった。

「二時からチェックインできます」

スタッフは私の背後を指さした。ロビーにはほかにも二人の旅行客がいた。一人はキャリーケースに座ってアイフォーンをいじっていて、もう一人はリュックを横に置いて柱にもたれたまま舟をこいでいる。柱にもたれている人の頭上には、Ｗｉ‐ＦｉのＩＤとパスワードがプリントされたパネルも見える。

「ここで待ってもいいですか？」

スタッフは答える代わりに手のひらでロビーのほうを指した。

「あの……じゃあ、荷物を預かってもらえますか」

「いいえ」

今度はこちらを見向きもしない。ものの見事に断られたので、大したことでもないのに一瞬ひるんだ。とはいえ、この人は毎日何回もこんなお願いばかりされているのだろう。客からそう言われるたびに十セントずつ罰金を取っていれば、たちまち金持ちになれそうだ。

スタッフが常駐しているので、ロビーにキャリーケースを置いていっても盗まれることはなさそうだけど、本当に置いていくほどの度胸はなかった。また重いキャリーケースを引っ張って階段を一段ずつ降りていき（ほかよりもここの宿代が安い理由に気づいた瞬間だった）、近所の携帯電話ショップで携帯電話を契約した。通信会社からの歓迎メッセージと案内メッセージに続いて、韓国からEメールとメッセージが矢継ぎ早に届き、携帯電話の通知音がひっきりなしに鳴った。お友だちが多いんですね。契約の手続きをしてくれたスタッフが微笑みながら言った。ほとんどが母からの連絡だった。

母はもちろん、だれにも返信したくなかった。これといって憂鬱《ゆううつ》だとか、腹が立っているわけでもなく、ただそうしたくなかったのだ。じゃあ自分はいったいなにがしたいんだろう？　考えに耽《ふけ》ったまま歩いていると、赤いレンガ色のトラムが通り過ぎていった。メルボルン市内を巡回する三十五番のシティサークルは無料で乗れると聞いた。トラムが通っていった道に沿って少し歩くと、程なくしてトラムの停留所に着いた。〝あなたはフリートラムゾーンにいます（You're in the FREE TRAM ZONE）〟という案内板がある。十分ばかり待っただろうか。今しがた見たのと同じレンガ色のトラムが、歩くよりは速いが全速力で走れば追いつけそうな速度で滑り込んできた。

「それを持って乗るのかい？」

トラムの運転手は、サンタクロースを彷彿《ほうふつ》とさせた。立派な風采に、顔の半分を覆う白く縮れた髭《ひげ》はシャンプーの泡のようで、かわいらしい眼鏡が鼻の上にちょこんと載っかっている。

「だめですか？」

私はトラムの入り口に片足をかけたまま訊いた。

「行き先は？」

運転手の簡単な質問も聞き取れず、何度も訊き返した。ウェア・アー・ユー・ヘディング・フォー？（パードゥン？）ウェア・アー・ユー・ウォントゥ・トゥ・ゴー？（ソーリー、パードゥン・ミー？）ウェア、ユー、ゴー？　鏡を見なくても、次第に顔が赤らんでいくのがわかる。

「ただ乗りたいだけです」

ほんの一瞬だったけど、はっきりと見た。運転手が顔をしかめるのを。

「乗客が多いからだめだね」

トラムの窓から、大勢の視線と素敵な帽子が私を見下ろしている。思わず怖気づいて後ずさりした。ドアを閉めて出発するトラムが角を曲がって見えなくなるまで、私はその場に立ち尽くしていた。どこもかしこも断られてばかりだな。そんなことを考えながらホステルに戻った。ロビーにはさっきよりも人が増えていた。みんな疲れた顔をしている。ほかの人たちと同じように、私はキャリーケースの上に座り、壁にもたれてうたた寝したのだった。


表情は本能だと思う？　それとも教育されるものだと思う？　どの文化圏でもみんな同じなのかな。お葬式で笑ったりする国もあるっていうじゃない？　それって嬉しくて笑ってるのかな。本当は泣きたいのに、無理に笑顔を作ってるだけなのかな。

表情の責任は、半分くらいはその表情を作る人にあって、残りの半分は表情を解釈する人にあると思うんだ。ある映画監督がこんな実験をしたんだって。はじめに、その国のトップ俳優の無表情な顔がクローズアップで映って、その次に人形を抱いている子ども、温かいスープが入ったお皿、棺《ひつぎ》のなかに横たわっている女が順番に出てくる映像を見せるの。観客は、その俳優が子どもを見てほのぼのしている、スープを見てお腹が空いている、死んだ女を見て悲しんでいると思ったんだって。実際には、始めから終わりまでずっと同じ表情なのに。たった一度撮影した無感情の顔を、それぞれ異なる状況とつなぎ合わせただけなのにね。

たまに思い出すんだ。冷たい顔で私を見ていた人たちのことを。でも本当は、私がそう思いたかったのかも。その人たちが冷たい表情をしていたんじゃなくて、私の心がそうだったのかもしれない。

ただそんなふうに考えることで、その人たちの顔を忘れたいだけなのかもしれないけど。

▶

シティサークルトラムに初めて乗ったのは、それから数週間後のことだった。

私は運がいいほうかもしれない。韓国人向けのワーキングホリデー情報サイトで、サバーブ、つまり郊外の町にあるチーズ工場の仕事を見つけた。求人広告を出した工場のスーパーバイザーがシェアハウスも運営していて、仕事と住まいをいっぺんに解決できた。シェアハウスはとにかく直接足を運んで探すにかぎると聞いていたので、一日に二軒くらい回りながらのんびり見つけるつもりでホステルを二週間予約しておいたのだけど、一週間足らずで引っ越しすることになった。問題は、ホステルが残りの宿泊費の払い戻しを拒否したことだ。泣き寝入りはしたくなかったけど、筋道を立てて英語で苦情を言う自信もなかったし、元を取るために宿に留まるわけにもいかなかった。荷物をまとめて出てきたものの、追い打ちをかけるように、一段降りるたびに階段の角にキャリーケースのキャスターがぶつかってやかましい音を立てた。踊り場でキャリーケースを一旦《いったん》置いた。騒音が止んだからか、ふと妙案がひらめいた。私はキャリーケースを壁側に押しやって二段飛ばしで階段を駆け上がり、ロビーに躍り込んだ。

「残りの宿泊費を返してくれなかったら、韓国のサイトにレビューを書きますから。このホステルは宿泊をキャンセルしたのに払い戻しもしてくれないって。そしたらここには韓国人はもう二度と来ないでしょうね」

感情が昂《たか》ぶっていたからか、言葉につまりながらも言いたいことを言い切った。カウンターのスタッフは私をにらみながらどこかに電話をかけると、残りの宿泊費の八割ほどを現金で払い戻した。前日の夜から悶々《もんもん》としていた問題が、たった一言であっさり解決するなんて。堂々と文句を言ってなにかを解決した経験は、韓国でも韓国語でも一度もなかった。なんとも妙な気分だった。ものすごい大金ではないけど決して少なくもないそのお金——紙幣の束を握りしめて、私は階段を降りた。キャリーケースはさっきと同じ踊り場の隅にあった。

仕事は単調でハードだった。だれでも一日で覚えられる、大した技術も求められない単純作業だったけど、早朝から夕方まで働けばくたくたになるような、そんな類いの仕事。お金をたくさん稼ぎたいというよりは、工場で八十八日以上働けば、オーストラリアにもう一年滞在できるセカンドビザというものを取得できるというので一生懸命働いた。

工場の仕事を斡旋《あっせん》するスーパーバイザー兼シェアハウスマスターは、メルボルン・シティ北部にある韓国人教会に通っていた。毎週末、教会へ行くついでにシェアハウスの人たちをシティまで乗せていってくれることもあった。南部の郊外から北へ二十分車を走らせると、サウスバンクを過ぎたところにサザンクロス駅があり、サザンクロス駅の交差点を右折するとメルボルン市庁とビクトリア州立図書館があるスワンストン・ストリートに出る。スワンストン・ストリートからもう少し進んで左折すると、昔ながらの市場であるビクトリア・マーケットが見え、その周りに韓国食材スーパーが集まっている。スワンストン・ストリートと平行線上に位置するラッセル・ストリートには、メルボルン・チャイナタウンがある。メルボルン中心街の地理を覚えるのに二週間かかった。携帯電話の地図アプリでカウントしてみたところ、一日の歩数が三万歩になることもあった。

メルボルン中心街の周辺はつねにお祭りムードだった。祭りにはもってこいの初夏だったし、世界幸福度ランキング第二位を誇るメルボルンの市民は、祭りを開催すべき理由をいくらでも挙げられそうだった。そのため、クリスマスも至ってふつうに過ごした。お祭り真っただ中の都市では、クリスマスといってもとくにどうということはない。旗やガーランドがツリーやリースに変わり、照明は昼光色や電球色から赤や緑になり、移民の国らしい民謡の代わりにキャロルが聞こえてくるくらいだ。

十二月三十一日の夜十二時には、ヤラ川一帯で年越しの花火祭りが開かれる。午後九時頃、ハウスマスターがシェアメイトたちをつれて出ていった。興味がなかったので私は残ると言って行かなかったのだけど、やっぱりなんとなくもったいない気がしてバスに乗って出かけた。マスターの車に乗らず、一人でシティに向かったのはそれが初めてだった。何週間か前に工場の面接を受けるために乗った、シティと南部の郊外を行き来するバスの番号が思い出せなかったので、検索履歴から探さなければならなかった。花火祭りのせいでバスがシティに入れないと言われ、乗客は全員サウスバンクで降ろされた。十一時半より少し前だっただろうか。そこから二十分ばかり歩けば、シティには入れなくてもヤラ川が見える場所までは行けそうだった。夜の空気は涼しかったけど歩いていると汗をかくので、寒いような暑いような、そんな感覚だった。まるで風邪をひいたときのように。自分の体ではなく、シティ全体が軽い風邪をひいているようだった。ヤラ川へ向かう途中にクラウンホテルがあり、その前にはフードトラックが並んでいた。通りがけにジェラートを買った。テン、ナイン、エイト。チョコがコーティングされたソルティッドキャラメル味のジェラートをなめていると、人々がカウントダウンを始めた。ファイブ、フォー、スリー、ツー、

ハッピー・ニュー・イヤー。

カウントダウンが終わると、次々と花火が打ち上がった。鳥の鳴き声のような音が響いた。ヒューーーという、長く尾を引く音。そうやって打ち上がった花火は、パーンと音を立てて弾けたので、鳥のようだと感じたけど、すぐに思い直した。

花火を意識していないわけではないけど、私はほとんど視線を地面に落としたままだった。カウントダウンが終わり花火が夜空を彩りはじめた頃、みんながキスをしたからだ。ヤラ川を横切る二つの橋の上には、橋脚があの重さに耐えられるだろうかと思うほど大勢

の人がひしめいていた。その人々が一斉に口づけを交わしはじめたのだ。まるでそれがルールであるかのように。そうしなければ大変なことになるとでもいうように。私は思わず口を隠したくなるような衝動を抑えながら、キスしている人たちをしばらく眺めていた。

トラムもバスも延長運行していたけど、タクシーでシェアハウスに帰った。駐車場にマスターの車が見えた。シェアメイトたちもみな戻ってきていて、明かりもすっかり消えていた。部屋に入って横になろうとすると、ルームメイトが薄目を開けてどこへ行っていたのかと尋ねた。別に、ちょっとね。正直、なんと答えたのかはっきりと覚えていないけど、なんと言えばいいのかわからず適当に答えたので、事実と大して変わらないと思う。

◆◆◆◆◆

メルボルンにいるあいだに見た数多くのフェスティバルのなかでも、いちばん記憶に残っているのは、なんといっても一月最後の週末に開かれたメルボルン・コミュニティ・フェスティバルだ。スワンストン・ストリートを埋め尽くすパレードの行列は忘れられない。パレードといっても、あくまでも一般人の行列なので遊園地ほど華やかではないけど、参加者はほぼメルボルン市民なのでなおさら印象深かったのかもしれない。遊園地のマスコットが季節ごとのイベントに合わせて着飾り、魔法の馬車や巨大な波の模様で飾りつけられた小型トラックの上で踊ったり手を振ったりする姿は、ああ、なるほどね、この遊園地のテーマはこれなのね、といった具合にやり過ごすことができる。でも、なんの理由もなく、ただやりたくて、あくまでも趣味で、ビクトリア時代の紳士のように着飾った人々が前輪が後輪よりも三倍くらい大きいクラシック自転車に乗って通り過ぎていく光景は、とても平常心では見ていられない。言ってみれば、メルボルン・コミュニティ・フェスティバルのパレードは、メルボルンで開かれるありとあらゆるフェスティバルをぎゅっと凝縮したようなものなのだ。とはいえ、厳密に言うと、私にとってメルボルン・コミュニティ・フェスティバルがいちばん記憶に残る祭典だった理由はそれだけではないのだけど（今からその話をしようと思う）。

『ハリー・ポッター』や『ドクター・フー』、『ゲーム・オブ・スローンズ』の主人公に扮したコスプレイヤー同好会の行列に続いて、サリーやアオザイ、カフタンなど、各国の伝統衣装を着た移民グループが通り過ぎていった。チャイナタウンの代表は獅子舞を披露し、ベトナムの人々は手に手に長い棒を持って作り物の竜を操りながら登場した。韓服を着て太鼓を叩く人も通り過ぎていった。袖の長い伝統衣装を着たほかの国の人を見たときはなにも思わなかったのに、韓服を着た人たちを見た途端、同情せずにはいられなかった。うわあ、暑苦しそう。どうしてそう思ったのか考えてみた。きっと私は、韓国人が出てきてやっと、それを〝人〟の行列として認識したのだと思う。そのことに気づいたあとは、その場に立っているのが少し恥ずかしくなった。ちょうどそのときだった。〝ザ・シャーリー・クラブ〟が現れたのは。

どの国の人かはわからないけど、小さなシンバルを持って踊りながら練り歩くグループが通り過ぎたあとだった。あまり耳心地のよい音ではなかったので、彼らが遠ざかるにつれ静かになるのは内心嬉しかったのだけど、次の行列がなかなか現れないのでパレードはもう終わりだろうかと思っていた矢先、そんな微妙な間《ま》を置いて、カメのようにのろのろと歩いてきたのは、おばあさんたちだった。伝統衣装を着ているわけでもなく、なにかを披露するわけでもない。ただ、人のよさそうなおばあさんたちがゆっくりと歩いているだけ。最前列にいる三人のおばあさんが紫で縁取られた小さな横断幕を掲げているのが唯一のパフォーマンスだ。平凡すぎてかえって目を引いた。

ザ・シャーリー・クラブ・ビクトリア支部。

よく見ると、おばあさんの胸元には名札がついている。シャーリー・J、シャーリー・M、シャーリー・O……。そう、そのおばあさんたちはみなシャーリーで、シャーリーという名前の人だけが加入できるシャーリー・クラブ、そのなかでもビクトリア州支部の会員として、メルボルン・コミュニティ・フェスティバルのパレードに参加していたのだ。そのことに気づいた瞬間、急に胸が弾んだ。

私の名前もシャーリーなんです！

そう叫びたい気持ちを抑えて、大声で声援を送った。本当だった。ほんの少しのあいだ通った英会話スクールでも、それよりも短い期間働いたカフェでも、私はシャーリーという英名を使い、メルボルンで出会ったすべての人に自分はシャーリーだと名乗った。英米圏の名前について詳しくない人たちはシャーリーという名前をめずらしがり、ある程度知っている人、たとえば英会話スクールのネイティブ講師なんかは、シャーリーという名前を聞くと残念そうにこう言った。ねえ、ソリさん、ジェシカとかブリトニーとか、もうちょっと今風の名前にしたら？　別に本名と似た名前にしなくてもいいのよ。そう言われるとかえって反骨心が生まれて、シャーリーという名前を意地でも使い続けることにしたのだ。

私の歓声に応えて、一人のシャーリーが手を振ってくれた。シャーリー・P、眼鏡をかけた、そのとき見たシャーリーのなかでいちばん小柄なおばあさんだった。私はパレードの進行方向へ、シャーリー・クラブに続いて歩きはじめた。見物客のいちばん前に立っていた私がそうやって移動すると、あちこちでブーイングが起こった。汗まみれの人混みをかき分けながら歩くのには苦労したけど、かまわずに後を追った。言葉にできない喜びで胸がはち切れそうだった。見物客とパレードの参加者のあいだに置かれた仮設フェンスを乗り越えて、はじめから自分もシャーリー・クラブの一員だったかのように一緒に歩きたかった。でも、かろうじてその衝動を抑えた。彼女たちと友だちになりたいと、心からそう思ったからだ。見物客の一人だった私が急に行列に乱入すれば騒ぎになるだろうし、運よく合流できて自分の名前もシャーリーだとクラブの人たちに伝えることに成功したとしても、それはその日だけ、その一瞬だけの素敵な思い出に終わってしまうだろうから。私が望んでいるのは、もっと継続的な関係だった。正直、あのときの自分がどんな気持ちでそんなことをしたのかはわからないけど、無意識にあの瞬間を台無しにしたくないと思ったのだろう。だから、あくまでも慎重に行動しようと心がけた。

とはいえ、パレードが終わる頃には私はへとへとになっていた。半日着て脱ぎ捨てた、くたびれたシャツのように。数億人の人間ともみくちゃになりながら最前列を死守し、汗を三リットルは流した気分だ。パレードは、メルボルン・シティ最南端のフェデレーション・スクエアで解散した。お目当てのシャーリー・クラブは横断幕をたたみ、フリンダース・ストリートに沿ってさらに歩いていく。どのタイミングで名乗り出て、どのおばあさんに声をかければクラブに入れてもらえるんだろう。そんなことを考えながら後をつけていくと、一行がある建物の階段を上り、二階の店に入っていくのが見えた。カフェ？　それともレストラン？　クラブの支部の事務所みたいなところだろうか。どうやら打ち上げのようなものをするらしい。しばし悩んでなかに入ると、おばあさんたちが集まってビールで乾杯していた。

「シャーリーのために！」

横断幕を持っていた三人のおばあさんのうち、真ん中にいたシャーリー・Hが叫んだ。あの人に加入を申し込めばいいのかな。カウンターに座り、ひとまずおばあさんたちと同じビールを注文して様子をうかがった。意外にもそこはスポーツパブで、ホールにはシャーリーのほかにも二十人くらいの客がいた。客をシャーリーとノンシャーリーに分ける方法は簡単だ。おばあさんでなければシャーリーではない。もちろん、私は例外だけど。ビールを受け取り、適当な席を探してきょろきょろしていると、後ろから声をかけられた。

「だれを探してるの？」

ほぼ完璧《かんぺき》な、紫色の声。

ある音や声は、色として聞こえてくる。とくに、人の声には必ずと言っていいほど色がある。だから、人の多い場所では声がひとかたまりになって真っ黒になる。

紫は、私のいちばん好きな色だ。自分の好きな色が紫だから紫の声を好きになったのか、紫の声が好きだから紫を気に入っているのかはわからない。ずっと幼い頃からそうだったから。紫の声を聞くとなぜか喉《のど》が渇いてくる。たくさん話しているわけでもないのに、ましてや、自分が話しているわけでもないのに、喉がからからになるような気分。私は、手に持っていたビールを四分の一ほど喉に流し込んでから、ようやく振り返ることができた。

絶対にシャーリーではなさそうな人が、私を見て微笑んでいた。

Track 02

あなたは覚えてる？　恋をする準備ができたと思ったのは、何歳くらいのときだったか。

ほら、親とか親の友だちとかがよくこうやって小さい子をからかうでしょ。好きな子はいる？　幼稚園でいちばんお気に入りの子は？って。幼稚園で恋愛する子もいるらしいけど、どうなんだろう。やめてよ、そんなのいないもん！っていう子のほうがずっと多いんじゃないかな。だって、私がそうだったから。自分が属しているほうがふつうだって思いたいのは当然じゃない？

うちのお父さんが言ってたんだ。いつかお前も恋人をつれてきて結婚したいって言うんだろうな、そうなったら父さんすごく悲しいぞ、ってね。それでも私は、絶対にいや！　男子の隣に座るだけでも最悪なのに、結婚なんて絶対無理！って、いつもこんな調子でさ。なんでだろう。多分、想像しただけでも恥ずかしくなるから。それで、心底いやがってるふりをするしかなかったんだと思う。クールな返し方がわからなかったっていうか。でも、そうやって大げさにいやがるほど、大人は余計に面白がってからかうんだよね。そういうこと言ってる子ほど早くに結婚するんだぞ、とか言ってさ。そのたびに私は泣いてたっけ。いやっ！　絶対にしないもん！って。意地悪な大人からすれば、さぞかしからかい甲斐《がい》のある子どもだったでしょうね。

もう少し大きくなってピンクが好きになり始めた頃もわざと嫌いなふりしてたし、初めてリップグロスを塗った日なんか、唇が荒れて仕方なかったんだって、わざわざ言い訳してたっけ。だれもなにも言ってないのに。

大人っぽく振るまう機会があるたびに、自分はまだそんな歳じゃないと思ってたのかも。とりわけ恋愛においては。思えばそれは、自分も恋をしてみたいっていう気持ちに近かったのかもしれない。実際に、よし、恋をする準備ができたぞ、なんてだれも思わないじゃない？　恋に落ちるのに準備なんていらないもの。考えるのは恋に落ちてからで充分だから。

わかってる、私も。それでも、準備が必要だったんだ。

これでわかったでしょ？　私がどんなに恋をしたかったか。

つまり、その日の出来事を時系列に並べるとこうだ。

一月最後の日曜日の昼下がり、私はメルボルン・コミュニティ・フェスティバルのパレードを見学していた。パレードでシャーリー・クラブの存在を知り、加入するために後をついていった。そこでSに出会った。

重要度順に並べると、真逆になる。

振り返る前からわかっていた。ここの人ではないと。アクセントが強めで、短い挨拶《あいさつ》でも山を描くようなオーストラリア人特有の訛《なま》りではなかった。前から後ろに向かって緩やかに流れるようなイントネーションは、紫の声にぴったりだった。

振り返ったはいいけど、すぐに言葉が出てこない。あー、んー、えーっと……。髪と瞳の色が濃い一方で顔の彫りが深く、東洋人のようにも西洋人のようにも見えるその人は、私よりも頭一つ分大きいわりに体はひょろ長く、女とも男ともつかない容姿だった。

「ひょっとして韓国人？」

Sは韓国語でそう言った。ぽかんと彼を見つめていた私は、大きくうなずいた。Sは親指と人差し指を近づけながら、拙《つたな》い韓国語で言った。

「えっと、韓国語、すこし。英語、できる?」

そのときようやく、自分がまだ一言も発していないことに気づいた。

「あなたの韓国語よりはうまいと思う」

事実だった。だれが見ても、私の英語のほうがSの韓国語よりはましだ。そのことを礼儀正しく伝えたり冗談めかして言えたりするほどの実力ではないということには、言ったあとに気づいたのだけど。

「上手だね」

Sが笑った。身も蓋《ふた》もない言い方でしか伝えられない私のお粗末な英語の賜物《たまもの》と言うべきか。

私たちはカウンターに並んで座った。まるで、もともと知り合いだったかのように気兼ねなく(私はそんなに人懐っこい性格ではないのでなおさら不思議だった)、初めて会った人たちが質問し合うようなことを話しながら。そこで、Sの名前がSだということ、フリンダース・ストリートにあるカフェでバリスタをやっていることを知った。私は、自分はチーズ工場で働くシャーリーであることを話した。Sは、かつてドイツに派遣された鉱山労働者と看護師だった韓国人の両親をもつ母親とイギリス人の父親のあいだに生まれ、ミュンヘンで育った。今は私と同じくワーキングホリデーでここに来ているという。このスポーツパブでバイエルン・ミュンヘンとマンチェスター・ユナイテッドの試合を観て以来、よく立ち寄るようになったそうだ。

「どっちのチームを応援してたの？」

「バイエルン・ミュンヘンのファンだけど、いちばん好きな選手がイギリスに移籍したんだ」

なるほど、それはすごく悩むだろうな。サッカーについてよくわからない私もそう思った。

「試合が終わるまでどっちに勝ってほしいか決められなかった」

「今でもそうなの？」

「そんなに単純な問題じゃないのさ」

カウンターの内側でグラスを磨いていた人が、やれやれとばかりに首を振った。このパブの社長はミュンヘン出身なのだと、Sが耳打ちした。

私は、自分は韓国人夫婦のあいだに生まれ、祖父母と曽祖父母も韓国人のはずだと言った。正直、サッカーにはあまり興味はないけど、私のほうこそどうしてもこのパブに来るべき理由があったのだとつけ加えた。

「このパブにいる女性の名前はみんなシャーリーだって？」

Sは実に興味深そうに言った。

「そうなの。私の韓国語の名前はソリなんだけどね。正確にはソル、ヒ」

ソル、ヒを早く言うと連音化《リエゾン》が起こってソリになるのだけど、英米圏の人たちにはその概念と発音を理解するのが難しいかもしれないと説明したかった。でも、英語で説明するには難易度が高すぎたのであきらめた。その代わり、本名を何度かはっきりと強調して発音した。Sは何度か続けて発音してみたあと、へぇ、なるほどね、わかったよ（Gosh, I got what's your point）、と言いながら笑った。

「じゃあ君は、シャーリー・クラブに入りたくてこのパブに来たわけだ」

「そのとおり」

「だれに言えばいいんだろう。さっき乾杯の音頭をとってたおばあさんがキャプテンかな」

Sの話を聞いて、クラブ加入のことをすっかり忘れていたことを思い出した。自分がなにに気を取られていたのかわかりきっていたので、思わず赤面した。Sはビールが入ったコップを持って立ち上がった。

「ついてきて」

Sは、シャーリー・Hのテーブルに私をつれていった。困惑したけど、断る理由も方法もない。

「はじめまして。このお嬢さんがクラブに入りたいそうなんです」

シャーリー・Hは、目を細めて私とSを交互に見つめた。

「この子の名前もシャーリーなんですよ」

訝《いぶか》しげにこちらを見つめていた老婦人は表情を緩めると、首を傾《かし》げた。

「シャーリー？」

「はい。ここにいらっしゃるご婦人方と同じ名前です」

「でも……」

私は、シャーリー・Hがなにを言おうとしているかわかる気がした。シャーリーという名前は一昔前に流行《はや》った名前で、一九七〇年代以降に生まれた子どもにはほとんどつけられない。韓国の名前に例えるなら、いちばん下に「子《ジャ》」や「淑《スク》」がつく名前よりもずっと古いイメージ。クラブのメンバーがみなおばあさんである理由は、加入条件に年齢制限があるからではなく、近頃はシャーリーという名前の人がいないからだ。シャーリー・クラブのビクトリア支部からパレードに参加した人たちがすべて白人なのも、きっと同じような理由だろう。シャーリーという名前が流行ったのは、オーストラリア大陸が多文化主義に転換しはじめた頃よりもずっと前のことだ。それなのに、どこのだれかもわからない若者が、しかも東洋人の女が自分はシャーリーだと言うのだから、「はい、そうですか」とはいかないだろう。理解はできる。

「……入っても面白くないわよ」

シャーリー・Hは、私が予想していたような話をくどくどと並べ立てるのではなく、短く端的に言った。断固とした、気品すら感じられる口調で。拒絶だろう、これは。

「もう充分面白いと思いますけど。このお嬢さんがご婦人方の仲間に入りたくてここまでついてきたこと自体が」

Sが私の代わりに答えた。なにが面白くてこんなににこにこ笑っているんだろう、この人は。

「でもこのシャーリーは黙っているじゃない。どうなの？　シャーリーは、メルボルンでずっと暮らすつもりなの？」

シャーリー・Hは、永住権を意味する〝パーマネント〟という単語を使って訊いた。彼女の言うとおりだ。クラブに入りたいのも、加入できる条件をわずかでも持ち合わせているのも私なのに、Sに頼りっきりではいけない。しかも今日が初対面だというのに。

「いいえ、よくわかりません」

私は、悪意のまったく感じられないシャーリー・Hのつぶらな瞳、その曇りのない眼差しをまっすぐ見つめ返しながら答えた。シャーリー・Hは、そのままじっと私を見つめると、ハンドバッグから手帳と万年筆を取り出した。

「メールアドレスを書いてくれる？　加入を認めるかどうか、あとで連絡するわ」

もしやこの短い見つめ合いは、通過儀礼のようなものなのだろうか。

私が書いたメールアドレスを受け取って、シャーリー・Hはようやく微笑んだ。グーグルのＩＤにシャーリーという名前が入っていたからだろう。それまでは、私が嘘をついているかもしれないと多少なりとも怪訝《けげん》に思っていたのかもしれない。

「お嬢さんの名前はどうしてシャーリーなの？」

一瞬、言葉につまった。もちろんシャーリーというのは、私の〝本当の〟名前ではないので、パスポートでも工場の給与明細でも証明できない。私の名前がシャーリーである証拠など、ないも同然だった。

「それは説明しにくいんですが」

私はとても慎重に言葉を選んだ。

「でも、ちゃんと説明できないといけませんよね。この名前はだれかがつけてくれたんじゃなくて、私が選んだものだから」

シャーリー・Hの薄いピンクの唇が弧を描いた。私は深呼吸してから答えた。
「はっきり言えることは二つです。まず、私の本名の発音にとても近いということ。そして、シャーリーという名前は最高にチャーミングだということ」

シェアハウスに入っていちばん驚いたことは……って言っても、いろいろ調べていったからちょっとやそっとのことじゃ驚かないと思ってたんだけどね。最悪のシェアハウスレビューとか、そんなのばっかり検索してさ。ドミトリーみたいにリビングにいつも八人くらい集まっている話とか、風呂に入らないシェアメイトの話、ゴキブリで苦労した話、そんなのばっかり読んできたからか、なんのトラブルもなく使える二人部屋は天国みたいだった。ああ、私と一緒に部屋を使ってたルームメイトは迷惑してたかも。私はすごく楽だったけど。その韓国人ルームメイトとは今でも連絡を取り合ってるよ。仕事のこととか、オーストラリアでの生活のこととか。韓国に戻ってきてからも連絡すると思う。まあ、でも彼女は帰国せずに永住権コースを目指すって言ってたから、そうなるとやっぱりだんだん疎遠になっていくのかな。

おっと、また話が三千浦《サムチョンポ》にそれちゃった。話が脇道にそれることを韓国語で「三千浦にそれる」って表現するんだ。私っていつもこうなんだよね。もともと話そうとしていた本筋からだいぶ外れて、ほぼアウトバックとフィリップ・アイランドくらい程遠い話をしてることに気づいてから、あれ？ なんの話をしようとしてたんだっけ？ってなっちゃう。前にバンドをしてた頃、先輩たちにチョンサって呼ばれてたんだ。天使《チョンサ》みたいに純粋だとかかわいいからじゃなくて……いつも話が脱線して三千浦ってからかわれるから、もうやめてくれって言ったらすぐに新しいあだ名をつけられたわけ。三千四《サムチョンサ》って。韓国ではfour（四）をポーって発音するから、三千《サムチョン》足す四《フォー》で三千四《サムチョンポー》になるっていう理屈らしいけど。幼稚だと思わない？ それで、サムチョンサもいやだって言ったら今度はチョンサだって。それからはもう勝手に言わせておいたんだけどね。そのチョンサが天使のことじゃなくても、三千浦よりはましだと思って。

そういえば、三千浦の人たちは三千浦っていう言葉が嫌いなんだって。その人たちにとってはそこが自分たちの故郷であって生活の拠点なのに、本来の意味とはまったく違う使い方をされてるんだもん。そりゃいい気はしないよね。

ともかく話を元に戻すと、シェアハウスに入った頃、いちばん驚いたのは……洗濯機。洗濯機なんて初めて見るわけでもないのになんで？って思うでしょ。それがね、LGの洗濯機だったの。ボタンとかレバーにハングルが書かれた。まさかオーストラリアまでやってきてLGの洗濯機を使うなんて思ってもみなかったからさ。あとで訊いてみたら、シェアハウスマスターのこだわりなんだって。なんでもモーターがついてる機械はLGが世界一なんだとか。私の意見じゃないからね（なんで言い訳してるんだろう？）。

でもね、洗濯機を回すたびに鼻の奥がじんとするっていうか、この子は私よりもずっと重いし自分で入国手続きだってできないのに、苦労してここまで来たんだねって。そんな気持ちになる。よく来たね。ここにいるんだね。がんばってるんだね。


「さっきからだれとやり取りしてんの？」

私は慌てて携帯電話を伏せた。ルームメイトははじめからこちらを見てもいなかった。スタンドライトをつけて卓上用の鏡を見ながらフェイスパックを貼りつけている。

「秘密？」

「ううん、そういうのじゃないんだけど」

携帯電話を再び手に取り、Sにもう寝るねとメッセージを送った。枕元に携帯電話を置いて仰向けに寝ると、ヴーンとバイブ音が鳴った。

Sleep tight, Shirley.:)

うん、あなたもおやすみ。うつ伏せになってもう一度返信した。携帯電話の液晶画面に照らされた手のひらほどの範囲が、やがて闇に吸い込まれていった。

「めずらしく一日中携帯電話ばっかり見てるじゃん。だれなの？」

「ランゲージ・エクスチェンジ」

嘘ではなかった。Sはドイツ語はもちろん英語も流暢だけど、韓国語はほとんどできない。会話の途中で、私は英語がうまくなりたいと言い、しばらくしてSも自分は韓国語がうまくなりたいと言ったことがあった。別れる直前に電話番号を交換した。メッセージをやり取りするときは、Sは英語で、私は韓国語で会話する。語学力向上のためには反対にするのが望ましいのだろうけど、お互い自信のある言語を使うほうがやりやすかったのだ。

「男？」

「ううん」

「女？」

「ううん」

「いい加減に答えないで」

「いい加減じゃないよ。とにかく違うから」

ルームメイトはスタンドライトを消すとベッドに潜り込んだ。

「ウブなシャーリーちゃん、このお姉さんみたいに変な男にひっかかって人生パーにしないようにね」

「そんなんじゃないってば」

たった二つしか違わないのに、酸《す》いも甘いも知り尽くした先輩ヅラしちゃって。十中八九、壁のほうを向いて寝ているであろうルームメイトの背中をにらみつけてから、私も反対側の壁のほうに寝転んだ。ヴーンと、またバイブ音が鳴った。

「もうそのへんにしときなよ」

ルームメイトが眠そうな声で言った。私は答えずに携帯電話の画面を確認した。

Pizza 好き？

Sから初めて受け取った韓国語、正確には韓国語混じりのメッセージだった。

十七の頃に、『西洋哲学史』を読んだんだ。韓国ではふつう、人文系の大学生が読む本なんだけど。学校に通ってないことをばかにされると思って、あの頃はわざと難しそうな本ばかり持ち歩いてたんだよね。ちょうど古代ギリシャのところまで読んで閉じちゃった。そのあとも二回くらい挑戦したんだけど、毎回古代ギリシャまででギブアップ。でもその分、古代ギリシャの哲学にはちょっと詳しくなった気がする。おこがましいかな？

とにかく、古代ギリシャにパルメニデスっていう人がいたんだって（英語ではどういう発音になるんだろう？）。その人の思想を一言で要約するとこう。

あるものはある、ないものはない。

変な言葉だよね。

ごく少ない単語の繰り返しなのに、意味はまったく単純じゃないでしょ。在るものは在る、在らぬものは在らぬ。これを理解したくてこの部分を何度も読んだっけ。読んでるうちに、なんだかかっこいい言葉に思えてきて、勝手にアレンジしてみたりもして。

考えるという考え。

歌うという歌。

日記を書くという日記。

話すという話。

欲しいものは欲しい。

いやなものは死んでもいや。

なんか恥ずかしいな。こんな話までしちゃって。もちろん、わかってるよ。本来パルメニデスが言いたかったのは、こんな言葉とは程遠いってことは。でもこういう言葉を思い浮かべると、自分がどういう人間かもっとよくわかる気がするんだ。私は欲しいものは手に入れないと気が済まないし、嫌いなものはとにかく嫌いな、まさにそんな人間だから。

こんなだから、古代ギリシャより先のページには進めないのかも。

そもそも、哲学史の本を持ち歩く動機からして不純だよね。ああ、西洋哲学史を勉強したくてたまらない、じゃなくて〝西洋哲学史を勉強したがっている自分〟に憧れる、そんな気持ちに近かったし。この二つは、一見似ているようで実はまったく違う気持ちだから。あなたにぜんぶ伝えたい。私はこんな人だって。私はこんな考えをもっている人だって。説明しにくいけど、話したいことがたくさんありすぎて困っちゃうくらい。

選択というものについて、深く考えた時期があった。

それまでは、自分はとてもうまくやっていると信じていた。たしかに、私のワーホリライフは順調そのものだった。世界で二番目に幸せな（この言葉は何度言っても飽きない）メルボルンという都市を選択し、工場で働くためにホステルを出ていくことを選択し、親切で面倒見のいいマスターが運営するシェアハウスの二人部屋でルームメイトと暮らすことを選択した。そのすべてを心底気に入っていたし、それらの選択はつながっているように思えた。その選択が間違っていたと初めて思ったのは、Sと出会ってからだ。私が住む南部の郊外はシティからは遠すぎてSとは週末しか会えない。正解だと思っていた自分の選択を悔いることは気持ちのいいものではない。怒りや悲しみとは違って、後悔を泣いて晴らすことはできない（正直言うと涙も出なかった）。でも、Sに出会ったことも積もり積もった選択の結果だ。私はパレードを見物することを選択し、シャーリー・クラブについていってパブに入ることを選択し、それよりもずっと前にシャーリーという名前を選択した。

じゃあ、結局は私がシャーリーだからSに会えたってこと？

考えがそこに至ると、さっきまでのもやもやがすっきり晴れて気分がよくなったけど、少し時間が経てば、またもや振り出しに戻って自分を責めるのだった。

シャーリーといえば、シャーリー・Hことハマンドおばあさんからメールが届いたのは、水曜日の夕方だった。ルームメイトはちょうど夜勤で遅くなる日だったので、とくに悩むことなくSに電話した。

「クラブから連絡があったよ」

「へえ！　なんて？」

電話越しに聞こえるSの声は、一段と明るい紫だった。

「うん……だめだって」

「なんで？」

「ワーキングホリデービザだからかな。いつか韓国に帰らなきゃいけないのに、韓国支部はまだないからって」

わざわざ調べなくてもわかりそうな事実について真面目に書かれたメールの文面を、実際に声に出して読んでみるとなんだか笑えてきた。

「作りなよ、韓国支部。シャーリーが作れば？」

「ありえない」

「シャーリーならできるよ」

「やめとく」

「どうして？　クラブに入りたいんだろ？」

「だって……正式加入はだめだけど、臨時名誉会員として入れてくれるっていうから」

Sは大声で笑った。

「臨時の名誉な会員って、なにそれ？」

「でしょ」

実は私はSのことを考えていた。Sと友だちになれたから、シャーリー・クラブに入れなくても平気だと。

Sに、ハマンドおばあさんからのメールを最後まで読んであげた。

「その代わり入会金と会費は免除だって。でも、ベーキングとかクロシェ……クロシェってなんだろ？　そういう集まりのときの材料費は出すようにって」

「クロシェは編み物（knitting）のことだよ。おめでとう。落ち込んでたらピザおごってあげようと思ってたのに」

「ピザはおごってほしいな」

「このお嬢さんには敵わないな。日曜日、ピザ屋で会いましょう」

電話を切ると、目をぎゅっとつぶってベッドの上をごろごろと転げ回った。Sにはさほど嬉しくない風を装って話したし自分でもそう思っていたけど、話し終えると急に手足の先がくすぐったく、温かくなった。

臨時名誉会員とはいえ、シャーリー・クラブの一員になったからには、シャーリー・クラブのすべてのシャーリーと友だちになったも同然だろう。友だちがいっぺんに百人以上できたようなものだ。

木曜日の午前、包装パートで働いているある婦人が私を訪ねてきた。おばさんと呼ぶほど若くないけど、おばあさんというほどでもない長身の女性。その人もシャーリーだという。噂が回るのは早いものだと思いながら握手をしようと手を差し伸べたところ、背の高いシャーリーにすっぽり抱きしめられてしまった。

「やあね、握手なんかじゃとても足りないわ」

作業服同士が触れ、紙が擦れ合うときのような音がした。

「会えて嬉しいわ、ニューシャーリー」

私もよ、オールドシャーリー、と言うべきだろうか？　自分よりもずっと背が高い人に抱きしめられているのでやや苦しかったけど、同時に、なぜか子どもの頃に戻ったように妙な安堵感に包まれた。なにか答えなきゃと思いながらも、うむう、という間抜けな声を出すこと以外なにもできない。

「わかってると思うけど、私たちシャーリーは面白いことは見逃さないのよ」

のっぽのシャーリーは二回連続でウインクすると、鼻歌まじりで帰っていった。わかってる？　私が？　なにを？　見逃せない面白いことってなんだろう？　気になることが一つや二つではなかった。

Track 03

日曜日の朝は早起きした。そのためにアラームを設定しておいたのだけど、アラームが鳴る三分ほど前にぱっと目が覚めた。シャワーを浴びて部屋に戻るとルームメイトが起きていた。

「ねえ、ドライヤー使っていい？」

「へえ、使うんだ？　ドライヤー」

ルームメイトは寝ぼけまなこでニヤッと笑った。たしかに私は夜髪を洗ったら自然乾燥させているので、ドライヤーは韓国でもあまり使ったことがない。

「ひょっとして、デート？　めずらしいじゃん」

チーズ工場では帽子を被っていても髪にチーズの匂いが染みつくため、毎晩シャワーをするのは自然なことだった。ルームメイトはもちろん、シェアメイトはみな同じ工場で働いているので、たいていは仕事が終わって帰ると真っ先にシャワーを浴びる。そのなかでドライヤーを使わないのは私だけだった。

「そんなんじゃないってば。もういいよ、貸してくれなくても。出かける頃には乾いてるだろうし」

「だめなんて言ってないでしょ。意地張っちゃって」

ルームメイトがシャワーを浴びているあいだにドライヤーで髪を乾かした。ドライヤーをかけ終えるまでの五分ばかりのあいだにほかのシェアメイトたちも起き出したらしく、リビングのほうが少し騒がしくなった。ドライヤーのモーター音をずっと聞いていたからか、トースターからパンが飛び出る音が小さく聞こえる。

朝食はティムタムを食べた。一袋開けてルームメイトと半分ずつ、牛乳と一緒に。シェアハウスでは牛乳が提供されるのだが、毎朝二リットルの牛乳が二本ずつ、あっという間になくなった。六人がけの食卓を七人の若者が囲み、牛乳をメインに朝食をとるため四リットルでは足りないこともしばしばだった。

「平壌《ピョンヤン》冷麺食べたい」

「ちょっと、やめてよ」

だれかがなにげなく口にした一言に、ルームメイトが腹を立てた。朝食で食べるには甘すぎるチョコレート菓子を口いっぱいに頬張っているときに、懐かしい韓国料理の話をされては無理もない。

「コリアンレストランにあるんじゃない？　大きい店があったじゃない。大長今《テジャングム》だっけ？

ほら、あのチャイナタウンの近くに」

「行ったことないし、これからも行かないし、そこで売ってるのが本物の平壌冷麺とも思えないな」

「本物も偽物もないでしょ。平壌の玉流館《オンニュグァン》で本場のやつを食べてたわけでもあるまいし」

シェアハウスの周辺にはなにもないので、週末はみなマスターと一緒にシティに出たがった。ルームメイトは毎週フリンダース・レーンにある市立図書館に通い、四人部屋のメンバーは主にショッピングに出かけているようだった。とくにやることも目的もなくシティに行くのは私くらいだ。でも、今週は違う。六人がけの食卓を囲む七人のなかで、私より素敵な計画がある人なんていないはず。この日は予定があったのだ。だれかそのことを訊いてくれないかなと思ったけど、訊かれても答えるつもりはなかった（でも本当に食事が終わるまで、シャーリーはどこか行くの？とはだれも訊いてくれないなんて！）。

シティに着いたのは、約束の時間より三時間も早い午前九時頃だった。どうやって時間をつぶそうかと思いながら、サークルトラムに乗ってシティを一周した。フリンダース・レーンで降りたあと、待ち合わせ場所のサザンクロス駅まで歩いていき、それでも時間が余ったので駅前のカフェに入った。何の気になしにフルーツジュースを注文しようとしたけど、気が変わってフラットホワイトを飲んでみることにした。

「シャーリー！」

こんなとき、なんと言えばいいんだろう？　メニューとにらめっこしていて気づかなかったけど、カウンターに立っている店員はなんとSだった。韓国語で「びっくりした！」と言いそうになるのをかろうじてこらえた。そういえば、近所のカフェで働いていると言っていたっけ。でも、まさかここだったなんて。

「シャーリーは僕がどこにいるのかいつも正確に知ってるんだね」

Sは愉快そうに言ったけど、私は心配になった。ストーカーかなにかと思われていたらたまったもんじゃない。

「知らなかった、まったく。偶然よ」

私がむきになって言うと、Sは笑った。

「ちょっと待ってて。もうすぐあがるから。なにか作ろうか？」

「ええ。温かいフラットホワイトください」

「このあとピザを食べるからショートサイズにするよ。いいかな？」

「うん」

私が飲むコーヒーのサイズをどうして勝手に決めるわけ？　たしかに、もうすぐ昼時だし朝も牛乳とお菓子だったので、コーヒーでお腹いっぱいにはなりたくないけど。

「いくら？」

「払いたい分だけ」

Sはコーヒーメーカーを操作しながら答えた。財布を持っていた手が行き場をなくした。

「あとでピザもおごってくれるんでしょう？　コーヒーくらい自分で払わせてよ」

「ただじゃないよ。一口だけちょうだい。そうすれば僕のコーヒーってことになるから。この店はね、スタッフはコーヒーが無料なんだ」

変な人。テイクアウト用のカップにホットミルクを注いでいるSの後ろ姿を見ながら思った。カウンターに"Tip jar, Thnx :)"と書かれているガラス瓶があったので、財布に入っていた小銭を適当に入れた。Sが差し出したフラットホワイトには、大きなハートのラテアートが描かれていた。

「あっちにいる人たちには内緒ね。あの子たちからはお代をもらったから」

「だれなの？」

「ピザ遠征隊（The Fellowship of the Pizza）」

Sが指さした隅の席に、三人の若者が座っている。Sの友だちだろう。なんだ、Sと二人きりで会うわけではなかったのか。ほっとすると同時にがっかりした。なんだろう、この気持ちは？

待ち合わせの時間までずっと一人でいたからか、足が地につかない感じだった。緊張のあまり、自分があまり面白くない人間だということがSにばれたらどうしようと、不安になっていたところだった。せめてほかの友だちが一緒なら、まだもうしばらくは、私を面白い人だと勘違いしてくれるかもしれないと思った。スポーツパブで、シャーリー・クラブと一緒だったあの日のように。

それなら、ほかにも人がいたことにがっかりする必要はない。がっかりしたのは思い違いではなかったけど（このときは理由がわからなかった。そう思い込もうとしてたんじゃなくて、本当に！）、私はほっとした気持ちのほうに集中することにした。

とはいえ、まだ正式に紹介されたわけでもないし、私は決して社交性のあるタイプではないので、テーブルのほうに行くべきかそのままカウンターの前でSの仕事が終わるまで待つべきか躊躇《ためら》っていた。すると、Sの友だちが先に私を見つけて手を振ってきた。どうしよう。かなり気まずい。でも、こうなったら応じないわけにはいかない。

「君がシャーリーだね。僕はピーター。Sのルームメイト」

ピーターとその右側に座っている人は、テーブルの上で手をつないでいた。

「リンダよ」

恋人同士らしいピーターとリンダのほかにもう一人いたのだけど、その人は私にあまり興味がなさそうだった。こちらを見てもいない。見ていないのではなく、見えていないふりをしているのではないかというような気さえしてきた。いや、さすがにそれは考えすぎか。そう思って気持ちを切り替えた。

「えっと、こちらの方は」

そう言ってからようやく私と目を合わせたその人は、これまで出会った人のなかでもとびきりの美人だった。顔を見せるのがもったいなくて、もしくは、目が合うとまぶしさのあまり目がつぶれてしまうでしょうからわざとそっぽ向いていたのよ、と言われても信じてしまいそうなくらい。

「……ドーラ」

名前を聞いて、ちょっと笑ったような気もする。実際のところよくわからない。表情に気を配れるような状態でもなかったし、どんな表情だったか覚えているほど私も関心があるわけでもなかったから。ディズニーのアーティストがキャラクターデザインをするとき、この人をモデルに描いたと言っても納得できるくらいきれいな人なのに、幼い頃に見た英語の教育番組に出てくるアニメの主人公と同じ名前だったことが、ちょっぴりかわいいと思った（世界中に知られている名前なので当然私も知っている）。申し訳ないけど、いま思い返してみても笑ってしまうような状況だったと思う。

私はたしかに笑ったのだろう。その証拠に、ドーラの顔がかすかに歪《ゆが》んだ。まるで世界一の罪人になったような気持ちにさせる、そんな冷たい表情だった。そのとき、はっとした。

「ごめんなさい。かわいらしい名前だから……」

謝りながらも、なんだか的外れなことを言っているような気がした。ドーラの表情もそう物語っていた。自分こそおばあさんの名前を使ってるくせに、と言いたげな。

「そう、愛らしい（a-dora-ble）名前さ」

「教育的でもあるしね」

火に油を注ぐようにピーターとリンダが口を挟んだ。私は泣きたくなった。ドーラがいきなり立ち上がった。相当怒っているようだったので目を固くつぶったが、恐る恐る開けると、ドーラの視線は私の後ろに向けられていた。仕事が終わり、ユニフォームから私服に着替えてきたSに挨拶しようとしたらしい。

「みんな、もう自己紹介は終わったの？　気まずいだろうと思って急いで来たんだけど」

ああ、Sになんて言えばいいの？　みんなと仲良くなれるだろうと思って私を誘ってくれたはずなのに。

「もう仲良くなっちゃった。ほら」

ドーラは突然、私を自分のほうに振り向かせると、私の肩に自分の頭をのせた。いやいや、なにしてんのよ。いくら外国とはいえ、初対面なのにハグで挨拶するのはやっぱり慣れないし、いくら外国人でも、私にそんな挨拶をするのは同じ工場で働くのっぽのシャーリーしかいない。一週間で二度もそんなことが起こったのだ。かといって、そこまで悪い気はしなかったので黙っていた（あんなにかわいい人に抱きしめられるなんて超レアなチャンスだ）。ところが、その一瞬ともいえるハグの最中、ドーラは私にだけ聞こえるように小声でこうささやいた。

「あんたみたいな部類（your kind）、私よく知ってるんだから」

かちこちに固まったまま、私はドーラから解放された。ほかの人は気づいていないようだが、私はしばらく放心状態でドーラの言葉を反芻《はんすう》していた。

まず口調。英語には敬語がないという。それは言い換えれば、タメ語がないという意味でもある。だから英語で会話をするときは、ある人の言葉は自然と敬語に聞こえるし、ある人の言葉はタメ口のように聞こえる。必ずしも敬語がよくてタメ口が悪いというわけではないが、そこまで親しくない人と話すときや初対面の人しかいないこの場では、当然敬語のように聞こえたほうが自分が尊重されているような気分になるものだ。でも、ドーラが私にささやいた言葉は、正真正銘タメ口だった。

それになによりも、あんたみたいな部類、だなんて。いったいどんな部類のことだろう。私も自分がどんな部類かわからないのに、ドーラがなぜ知っているというのか。しかも、よく。

〈イートピザ〉は、ヤラ川が見えるところにあるピザのテイクアウト専門店だ。ピザ遠征隊はここには何度も来ているのか、それぞれ慣れた調子で一つずつピザを注文した。リンダはカプリチョーザ、ピーターはアダナケバブ、ドーラはペリペリチキン。私がどのピザにするか悩んでいると、Sはどうせおごりなんだから自分に任せろと言いながら、スイートプラウン&ホットチョリソーのLサイズを注文した。熱々のピザの箱をそれぞれ抱えて、川辺の芝生で分け合った。ピザはとてもおいしかった。Mサイズ三枚にLサイズ一枚はさすがに多いのではないかと思ったけど、生地が薄いので余計な心配だった。ピーターが、これがれっきとしたイタリアンピザだと言うと、リンダはイタリアンなのはピザだけだと言った。ピザ屋の店長は、どうやらイタリア人特有の英語のイントネーションを真似ているオーストラリア人のようだとも。ドーラはもうお腹がいっぱいだと、ピザを残して寝そべった。手をつないでほしそうに、片手をSのほうに伸ばして。ドーラはSが好きなんだ。深く考えずともわかるので考えたくなかったけど、いやでも意識がそっちに向いてしまう。

「東洋人って、ほんとにインディアン座り（indian sitting）が上手だね」

ふいにピーターが言った。私に向けた言葉とは気づかず、やや反応が遅れた。インディアン座り？

「その座り方のこと」

ああ、胡座《あぐら》のことか。そう言われて見てみると、Sは両膝を立てて座っているし、リンダとピーターは私のように足をクロスさせてはいるが、膝は地面からだいぶ浮いている。これをインディアン座りっていうんだ。ヨガの姿勢に似てるからかな。

「ちっちゃい頃からこの座り方に慣れてるから。楽だけどずっと座ってると疲れてくるよ。それに骨にもよくないんだって」

英語で骨盤をなんというのかわからなかったので（ど忘れしたとか咄嗟《とっさ》に浮かばなかったと言いたいところだけど残念ながら知らない単語だった）、自分の骨盤を指しながら言った。ごくふつうの話で、とくにおかしなことを言った覚えはないのに、突然リンダとピーターが声を揃えて言った。

「さすがアジア人」

なんでそうなるの？　やや困惑してSを見ると、Sもうろたえているようだ。

「それってアジア人に対するステレオタイプだと思うけど」

「本物のアジア人は前髪にパープルのメッシュが入ってるんじゃないの？　私が観た映画

ではみんなそうだった」

Sがとりなすように言葉を挟んだが、寝転んでいたドーラが割り込んできてさらに追い討ちをかけた。

「『クラウド アトラス』に出てくるあの女みたいにね」

リンダがあいづちを打った。じゃあ、なにか。映画に出てきたのが本物のアジア人で、今ここに座っている私は偽物のアジア人とでも言いたいのか。自分がなにを言ってるのかわかっているのだろうか、この人たちは。だとすれば、まさかさっきドーラが言っていた「あんたみたいな部類」とは、人種のことだったのか。

「僕の祖母と祖父は、偽物のアジア人だってこと?」

Sの顔からさっきまでの笑みが消えた。いつもは紫の声が、群青色に近くなった。Sがそこまで真顔で言ったわけではなかったので空気が凍りつくことはなかった。会話は自然とほかの話題に移った。先週、ピーターとリンダがシティ南部にあるセント・キルダ・ビーチに行ってきたという話。ドーラが働いているホステルの話。ピーターはSのルームメイトで、ピーターが〈ハングリージャックス〉で働いているリンダに一目惚《ぼ》れしてデートを申し込んだという話や、リンダはドーラと一緒に暮らしていて職場も同じだという話(多分ドーラがSを好きなことに勘づいて、二人をくっつけるためにダブルデートのようによく四人で遊んでいるのだろう)。オーストラリアでいちばん行ってみたい旅行先の話。私はほんの少しだけ饒舌《じょうぜつ》になった。何度かは私の話にみんなが大笑いしたりもした。しかもドーラまで。三、四回くらいは私の思惑どおりだったけど、あとはなにがおかしいのか自分でもわからないポイントで笑いが起こった。それでも私は、とにかく外国語でだれかを笑わせたということに意気揚々として、ただ一緒に笑っていた。

スワンストン・ストリートまで歩いていき、台湾スイーツ店でマンゴーのかき氷を食べて別れた。ドーラが、韓国ではこんなもの食べたことないだろうと、それとなく嫌味を言った。私は言い返した。ここはオーストラリアで、ここでアジアンデザートを売っていることのほうがめずらしく、同じアジアである韓国にはこんな店は当然ごまんとあると。ひとまず言いたかったことはそれなのだけど、私の未熟な英語では不本意ながら少し柔らかい言い方になってしまったかもしれない。

もしも私たちが出会ったのが、あんな古い、しかもおばあさんだらけのスポーツパブじゃなくて、クラブみたいなところだったらどうなってたと思う？　私よりもかわいくてしっかり者で、おしゃれで性格がよくて……そんな人ばかりが集まるクラブ。もしそうだったら、あなたは私に目もくれなかったでしょうね。間違いないわ。

こんなふうに“What if”を想像しても、なんの意味もないよね。

まあ、クラブなんかで会うことはまずないだろうけど。だって私、そんなところには行かないもん。かといって、スポーツパブに行くようなタイプでもないんだけどね。

私は運命論者ではないと思う。二人を引き合わせた偶然は必然だと信じること、それが運命論でしょ？　信じてるわけじゃないけど、正直、気にはなるかな。どうして私たちは出会ったのか。この出会いに意味があるなら、どういう意味なんだろう。

どうしてあなたに、私を見つけさせたんだろう？

週末に予定があると、平日がいつもより長く感じられるということに気づいた。前までは、一人でぶらぶらしている週末のほうが工場で働く平日よりも退屈だった。たくさんのお祭りやあちこちにある観光名所も意味をなさないほどに。

土曜日、初めてシャーリー・クラブの親睦《しんぼく》パーティーに参加した。フェスティバルで私に手を振ってくれたシャーリー・P、ペイトンおばあさんに招待されたのだ。

パーティーは、アーガイル・スクエアにほど近いペイトンおばあさんの家で開かれた。パーティーが始まるのはマスターが教会に行く時間よりも早かったので（土曜日の礼拝は夕方なのでマスターの車も午後三時頃に出発する）、バスに乗ってシティまで行き、トラムに乗り換えた。トラムを降りて歩いていると、ハンドメイドマーケットをやっていたので小さな瓶に入った手作りジャムのセットを買った。喜んでもらえるといいな。

シャーリー・ペイトンおばあさんの家は小さいながらも風格があった。白い垣根と手入れの行き届いた庭園を通り、玄関の前で深呼吸をしてからベルを押した。

「どなた？」

「こんにちは。シャーリーです」

「あら、私もよ」

ジョーク？　これって笑うところ？　やがて、格子柄の上にいくつもの円を重ねて花のようになっている模様を金で縁取ったガラス戸が開き、ペイトンおばあさんが出てきた。おばあさんは、韓国人のわりに背が低いほうの私よりも、拳ひとつ分ばかり小さかった。

「来てくれてありがとう。早かったのね」

応接間で待っているあいだ、もう二人シャーリーがやってきた。ペイトンおばあさんと私を含め、合わせて五人のシャーリーが集まった。もともと、メルボルン・コミュニティ・フェスティバルなどの大きな年間行事を除けば、街単位の小さな親睦会がメインなのだそうだ。ペイトンおばあさんは、同じ冗談を言いながら客を迎え入れた。どなた？シャーリー？　私もよ！(So am I, me too, me either!)

ペイトンおばあさんはそれぞれのティーカップに熱い紅茶をたっぷり注いでから、三段のトレイスタンドにお菓子とパンをたくさんのせて持ってきた。こういったものを初めて見る私はもちろん、初めて見るわけではないはずのほかのシャーリーたちも嘆声を漏らした。こういう軽食をアフタヌーンティーというのだと、会話のなかで知った。

「出来合いのものもあるけど、あとは私の手作りよ。とくにスコーンとマドレーヌは自信作なの」

ペイトンおばあさんが、私がプレゼントしたジャムも一緒にテーブルに置くと、みんな私を褒めてくれた。なんとなく鼻が高かった。

会話は主におばあさんたちの趣味や家族のことで、そこまで面白くはなかったけど、皆なにかと私に意見を求め、私がなにを言っても笑ってくれるので、悪い気はしなかった。パンとお菓子があまりにもおいしくて、次々と食べながら紅茶を何杯もおかわりした。そのせいでペイトンおばあさんはまたお湯を沸かさねばならなかったのだけれど、まだ尋ねてもいないのにトイレの場所をこっそり教えくれ、ウインクをして部屋から出ていった。トイレから出て、まっすぐ応接間に戻らずにキッチンに立ち寄った。ちょうどやかんから湯気がたちのぼっていた。

「なにか御用かしら」

「お手伝いすることはないかと思って」

「おやまあ、いいのよ。キッチンを触られるのはあまり好きじゃなくて」

そう言われると邪魔をしないほうがよさそうなのだけれど、そのまま戻るか、それともペイトンおばあさんを待ってから一緒に応接間へ戻るべきか迷ってしまった。ペイトンおばあさんは私の心中を察したのか、やかんのお湯を陶器のティーポットに注ぎながらこう言った。

「どう？　シャーリーとして暮らすこと（Being Shirley）は」

「まだよくわかりません。ソルヒとして暮らすのとシャーリーとして暮らすことはそんなに変わらないと思います」

私は本名のソリを〝ソル、ヒ〟と、リエゾンなしで正確に発音した。おばあさんは声には出さず、静かに口角だけ上げて笑った。

「そう？」

「でも、シャーリーになってよかったと思います。ほかのシャーリーにもこうやってたくさん会えたし」

ペイトンおばあさんは、陶器のティーポットをキッチン用のカートにのせておもむろに押した。私もおばあさんに続いてゆっくり足を進めた。

「クラブのみんなが私をどう思っているかはわかりませんけど」

「どうして？　私たちが白髪老人だから？」

ストレートな物言いに一瞬戸惑った。でも、間違ってはいないのでなにも言えなかった。

ペイトンおばあさんは応接間の前で立ち止まると、私の肩に手をのせて引き寄せてからささやいた。

「なぜかはわからないけど、あの日、私はあなたが手を振ったとき一目でわかったのよ。あなたがシャーリーだって。ほかのシャーリーたちもきっとそうよ」

パーティーは五時頃にお開きとなった。ペイトンおばあさんは玄関から最後に出てきた私を見送りながら、こんなことも言った。

「私はこういう集まりをよく開くほうじゃないけど、多分シャーリーはこれから毎週末引っ張りだこになるはずよ。みんな『リトルシャーリー』に会いたがっているもの。それに、私たちはだれがなんと言おうと、楽しいこと、おいしいもの、友だち（Fun, Food,

Friend）を最優先するから」

パンと紅茶でお腹がぱんぱんだった。夕飯は食べなくてもよさそうだ。お腹も満たされたし、マスターがシティに戻ってくるまでまだ時間があるので、中心街までゆっくり歩いていくことにした。中心街に到着してても元気があり余っていたので、フリンダース・ストリートまで足を延ばし、Sの働くカフェの前を通った。通っただけではなく、Sがいるかどうか確認しようと店のなかをのぞいてみた。Sの姿は見えない。仕事の時間ではないようだ。Sに電話してみた。私が土曜日にペイトンおばあさんの家に行くことは、Sも知っている。

「行ってきた？　どうだった？」

「楽しかったよ。ペイトンおばあさんは、おばあさんの国のお姫さまみたいだった」

Sは、お姫さまという言葉を聞いて大笑いした。携帯電話を顔から離しているようだったけど、笑い声ははっきりと聞こえる。その声を聞いていると、目の前で紫の花が咲き誇るような気がした。ひとしきり笑ってからSが訊いた。

「明日の予定は？」

「さあ」

「会おうか？」

「どうだろう」

「急に訊いてごめんよ。今週末はシフトがどうなるかわからなかったんだ。結果的には変わらなかったんだけど、それでもはっきりしないと誘えないから」

「そうじゃなくて……」

歩いていると、いつの間にかヤラ川が見える公園だった。私は手近なベンチに腰掛けた。

「ほかに予定があるとか？」

「ううん」

「この前、気を悪くした？」

「うん」

Sとはメッセンジャーでもずっと会話をしていたが、日曜日の話題についてはうまく避けていた。私は不快な思いをしたことを態度に出したくなかったし、Sも私の気持ちをおもんぱかってその件には触れまいとしているようだった。それでもいつかはこの話をしなければならないのなら、平気だったふりはしないでおこうと、心に決めていた。

「友だちのことを悪く言って申し訳ないけど、また会いたいとは思わない」

「わかるよ」

「自分ではどうしようもないことでばかにされるのはいやなの」

「なにが言いたいかわかる」

本当にわかってる？　つい癖で反論しそうになった。小さなため息が聞こえる。胸が痛んだ。無邪気な顔で無神経なことを言ったSの友だちより、自分がずっと悪者になったような気分。そんな気分にさせるSがどこか憎たらしいし、Sを憎んでいる自分にも嫌気がさす。頭のなかがぐちゃぐちゃだ。

「今度は二人で会おうよ。がっかりさせないから」

Sは知っているだろうか？　紫の声でそんなことを言われたら断れないということを。わかっていてそうしているなら、もうなにも言えないじゃない。ほんと、ずるい人ね、としか。

Track 04

ワーホリビザを取得できるのは満十八歳からでしょ？　韓国では生まれたその日から一歳と数えて、誕生日じゃなくて毎年一月一日に一斉に歳をとるから、歳の数え方がちょっと違うんだ。だから、韓国人がワーキングホリデーにチャレンジできるのは、韓国の歳で十九歳か二十歳からってこと。私もその歳になってからすぐに準備を始めて、オーストラリアに来て二十一歳になった。

だからかな。オーストラリアで出会った韓国人はみんな私のことを、家が貧乏なんだろうとか、勉強ができなかったんだろうとか、お金がなくて学校に通えなかったんだろうって思ってるみたい。まあ、そう考えるのも無理ないでしょうね。韓国の学生はたいてい二十歳になると大学に進学するけど、私は留学でもないのに外国に渡ったから。でも、その人たちが考えていることはぜんぶハズレ。私はホームスクーリングで勉強して少し早く大学に入ったし（この先通い続けるかはわからないけど）、うちはそこまで裕福じゃないけど取り立てて貧乏ってわけでもないから。それに、私には年金みたいなものもあって、よほどのことがないかぎりは安泰だし。

毎年十二月になるとね、通帳にお金が入ってくるんだ。クリスマスがあるから。こう言うと、なんかなぞなぞみたいじゃない？　実は子どもの頃、お父さんと一緒にキャロルを歌ってアルバムを出したことがあるんだよね。オーストラリアに来てからは韓国食材スーパーで流れてるのを一回しか聞いたことないけど、韓国ではけっこう人気の曲が入ったアルバムなんだよ。あっと驚くほどの額じゃないけど、それなりの収入にはなってるかな。

ところでさ、覚えてる？　私がクリスマスは嫌いだって言ったこと。

理由を訊かないでくれてありがとう。うまく説明する自信もなかったし、説明できたとしても理解しにくい話だっただろうから。年金が入るんだから、クリスマス最高！ってなるよね、ふつうは。一回しか説明しないから、よくわからなかったら早戻しして聞いてみて。

クリスマスシーズンになるとキャロルが街に流れるの。作詞作曲はお父さん、歌ったのは私。歌の著作権料は私のもの。そのお金がお父さんに入らない理由は、お父さんが私に譲渡したからで、お母さんにも入らない理由は、それがお父さんが掲げた条件だったから。そのお金をお母さんが使わないと約束しないかぎり著作権料は渡さないってね。それで、お母さんはその条件に同意した。両親が離婚したとき私はまだ八歳だったから。

私、お母さんが憎いんだ。申し訳ないとも思ってる。お母さんを憎んでいることが申し訳ないんじゃなくて、実はその反対。お母さんに申し訳なくて、それで、お母さんと一緒にいるのがいやなの。

お母さんを捨てたのはお父さんだってわかっていながらも、私はいつもお父さんのほうが好きだったから。

私にとってクリスマスってそういう日なんだ。いちばん逃げ出したいものから絶対に逃げられないってことを、思い知らされる日。

日曜の朝、Sが働くカフェを訪れた。ラージサイズのマグカップでコーヒーを注文し、私はまだ怒っていてSの好意を受け取るつもりはないという意思表示として、自分でコーヒー代を払った。Sは気分が良くも悪くもなさそうで、私が財布を取り出すのを止めようともしなかった。そっけないわけではないけど、前のようにやさしくはないような気がして、どことなく寂しい気持ちになった。カウンターからいちばん見えにくい席に座ってモバイルゲームをした。途中、メッセージが届いた。母からだ。

元気でやってるの？　たまには電話しなさい。
お父さんとは連絡とってるの？

見なかったことにしてゲームを続けた。一ラウンドにつき一分。一度でクリアできなければエネルギーがチャージされるまで五分待たなければならないので邪魔されたくなかった。結局クリアできず、チャージを待っているあいだにも母に返事はしなかった。前回の電話から三日か四日しか経ってないのに。はっきりとは覚えていないけど、とにかく数日前だったはず。電話したからといって、とくに中身のある会話をするわけでもない。困っていることはないか、ご飯はちゃんと食べているか、病気はしていないか。私は病気でもないしご飯もちゃんと食べているし、なによりも、困ったことがあっても母には話したくない。

携帯電話のバッテリーが半分くらいに減った頃、Sがエプロンを脱いで出てきた。実はかなり前からゲームには飽きていて、Sはいつ出てくるのだろうとちらちら様子をうかがっていた。それなのに、いざ出てきて目の前にやってくると、なぜか自分から挨拶する気になれなかった。

「待ってくれてありがとう」

その柔らかい紫色の声が憎らしい。私があなたを待っていただなんて。しかも、ありがとうだなんて。そんなことを言われたら、私はとてもちっぽけな人間で、あなたはとても大きな人間みたいじゃない。

「どういたしまして」

蚊の鳴くような声で答えて、Sのあとに続いて店を出た。

「セント・キルダに行ったことは？」

「ううん」

シティからトラムに乗って二、三十分ほどの場所にあるビーチだ。シェアメイトに聞いたことはあったけど、行ったことはない。そういえば、この前会ったピーターとリンダもちょっと前に行ってきたと言ってたっけ。

「よかった」

「なにが？」

「前に行ったことがあるなら、そのときよりも楽しくなかったら申し訳ないからさ」

十六番のトラムに乗ってルナパーク駅で降りた。パークなら、海辺の公園みたいなところだろうかと思っていると、遊園地の名前だった。

大きな口に目をカッと見開いた、ピエロのような巨大な顔のゲートがそびえている。

「オーストラリアに来てフィッシュ・アンド・チップスは食べた？」

「ううん」

「今までなに食べてきたの？」

フィッシュ・アンド・チップスはイギリスの料理じゃないの？　不思議に思いながらSに続いて道路を渡った。行列ができているのを見るに、かなり有名な店のようだ。そういえば、もう昼時だった。基本のセットとコーラをテイクアウトして海辺に移動した。香ばしい匂いが漂ってきて気分がよくなる。天気のいい週末。海辺はたくさんの人でにぎわっている。ずいぶん歩いてから、ようやく座って食べられる場所を見つけた。

「食べてみて」

Sは座るなり、魚のフライをティッシュにくるんで差し出した。そのまま口に入れるのが恥ずかしくて、手で受け取ってから一口食べた。

「どう？」

「おいしくない。全然」

しばらく噛《か》んでから勇気を出して言った。ほとんど味もしないし脂っこかった。スケトウダラで作るというカニカマフライよりもおいしくない（カニカマはまだ甘じょっぱい味がする)。いくら噛みしめてみても、なんの味もしなかった。

「そうだと思った」

「わかってるのにどうして食べようって言ったの？」

「好きかもしれないと思ったから。僕だけおいしくないのかと思って。有名な食べ物だから」

なぜかおかしくなって吹き出してしまった。その拍子に口のなかのものが飛び出たので慌てて口を閉じた。どうしよう、きっと顔が真っ赤だ。そう思ってSのほうを横目で見ていると、カモメが飛んできて魚のフライをかっさらっていった。私たちは同時に大笑いした。

幸い、ポテトは魚のフライよりはましだった。残りの魚のフライはジャンケンで負けたほうが食べることにして、ジェラートを一つずつ買って海辺を歩いた。Sは、先日の友だちの無礼をわびた。できれば本人たちに謝らせたかったが、そうすることができなくてすまないと言いながら。

「いいの。私も悪かったと思うし」

「どうして？」

「ドーラの名前を聞いて笑っちゃったんだ」

「それはまったく別の話だと思うけど」

Sの顔は、真剣を通り越して厳粛ささえ感じさせた。それはそうだ。名前を聞いて笑うのと、人種差別的な冗談を言うのとでは天と地の差がある。とはいえ、名前を聞いて笑ったのは私で、人種差別的な冗談を言ったのはあちらなので、わからなくなってしまった。私はいつも自分の過ちのほうがより大きく感じられるのだ。

「それにリンダも、ピーターも、僕も笑ったよ。ドーラの名前を初めて聞いたとき」

じゃあ、私にだけあんなにつんけんしてたってこと? なぜか、あの日ドーラの言葉を聞いたときより二倍は侮辱を受けた気分だ。ドーラに対して抱いていた一ミリほどの申し訳なさは、きれいさっぱり消え去った。

「オーストラリアに来ていちばん大きく変わったことは?」

「よくわかんない。私はどこにいても私のままだし」

「それはそうだね」

日差しが強すぎて長く散歩を続けられなかった。私たちはルナパークに入った。マンゴースラッシュを買って日陰で飲んだ。両手にスラッシュのカップを持って座り、トイレに行ったSを待ちながら、ふと考える。Sはどっちのトイレを使うんだろう。でも、Sの顔を見るなりそんな疑問も忘れてしまった。

ソウルのロッテワールドよりもずっと小さな遊園地だったけど、日暮れ頃まで遊んだ。最後に乗ったアトラクションは、ルナパークを取り囲む外壁に沿って走るジェットコースターのようなものだった。スタッフの一人が、船頭のように真ん中で乗り物を操作していた。Sも私も声がかれるくらい叫んだ。

「今日、楽しかった？」

うん。こんなに楽しい時間はもう二度とないかもって思うくらい。そう答える代わりに、ただこくりとうなずいた。

「じゃあ来週も会おうか」

私はうなずいたまま、ぴたりと止まった。

「今すぐ答えなくてもいいよ。考えといて。土曜日はクラブに参加して、日曜日は僕と会うのはどうか」

「うん。考えとく」

トラムに乗ってシティに戻り、Sと別れたあと、シティ南部の郊外行きのバスに乗った。マスターに言われた集合時間に間に合わなかったからだ。家に着いて部屋に入ると、ルームメイトに「シャーリーは最近遊びに目覚めた」とからかわれたけど相手にしなかった。ベッドに横になるなりすぐに眠ってしまい、家に着いたかというSのメッセージを確認したのは、翌日の出勤前だった。

◆◆◆◆◆

火曜日の夕方、クラブからメールが届いた。シャーリー・クラブのビクトリア支部、そのなかでもメルボルンに住むすべての会員に宛てた知らせだった。シティ北部のブランズウィックに住むシャーリー・モートンの家で、土曜日と日曜日にガレージセールが開かれるという。

なぜか俄然《がぜん》やる気がわいてきて、メールに書いてある電話番号にメッセージを送った。お手伝いが必要じゃありませんか？　モートンおばあさんから、何時でもいいので手伝ってもらえるととても助かると返事が送られてきた。ちょうど人手が足りないらしい。

小学生の頃、家庭から出品物を持ち寄るバザーには参加したことがあったけど、家でやるガレージセールは初めてなので楽しみで仕方なかった。モートンおばあさんから返事をもらってすぐに、Sにこのことを伝えた。Sはとても喜んだ。ぜひ一緒に行きたい、と。

木曜日の午前になると、どうしてあんなことをしたんだろうという後悔が芽生え、金曜日の夕方には、体調が悪いと嘘をつこうかとまで思いはじめた。しまいには、仮病ではなくて本当に頭が痛くなってきた。Sと一緒に行くことにしたのでキャンセルはできない。そう考えると、Sと一緒に行くことがいいのやら悪いのやら、わからなくなってしまった。

早起きして、だれもいないキッチンで立ったままトーストを一枚食べた。半分はいちごジャム、半分はピーナッツバターを塗って。シティ行きのバスのなかでSにモートンおばあさんの家の住所を送り、うとうと居眠りした。髪を乾かしていなかったので肩が少し濡《ぬ》れていたけど、バスを降りる頃には肩も髪もほとんど乾いていた。午前十時二十分頃、モートンおばあさんの家に到着した。おばあさんは、私がずいぶん早く来たことに驚いていたけど、当の本人は、すでに家のピクニックマットを片っ端から引っ張り出してきて、庭に敷き終えていた。

売り物がつまった箱と、キャスター付きの移動式ハンガー、四人用のテーブルを外に運んだ。花瓶やマグカップ、望遠鏡といったこまごまとした割れ物はテーブルの上に並べ、大きめの物はピクニックマットの上に置いた。モートンおばあさんが作ったグリルチーズサンドイッチを食べて、服を整理しはじめた頃、Sがやってきた。到着するなりSは、花を一輪しか生けられなさそうな、細長いクリスタルの花瓶を割ってしまった。

「こんにちは。これは僕が買います」

「あら、いいのよ。怪我はない？」

割れた花瓶を片付けて、モートンおばあさんにSを紹介しているあいだに（順番が逆のような気がするけど仕方ない）、通りかかった人々がガレージセールを見物しにきた。真っ先に売れたのは二台の自転車だった。やや年季の入った子ども用の自転車と、大人用のカゴ付き自転車。その次に人々が興味を示したのはスキー用品だ。それらがモートンおばあさんのものだとは、にわかには信じられなかった。なにせモートンおばあさんは、牛乳プリンや豆腐を擬人化したようにふわふわとした人だったから。

「オーストラリアではウィンタースポーツは楽しめないんじゃないですか」

スキーウェアが一度に二着も売れたので気をよくしているおばあさんに、Sが尋ねた。たしかに。冬はまだ経験していないけど、聞くにオーストラリアは雪がたくさん降るわけでもなければ目立った山脈がある国でもないから。

「家族がみんなスキーが好きでね、海外によくスキーをしに行ったのよ」

スキー用品がやけに多いのはそういうわけか。でも、どうして過去形なんだろう。不思議に思ったけど訊く勇気がなくて黙っていると、Sが代わりに尋ねてくれた。

「それなのに、どうしてぜんぶ売っちゃうんですか」

「夫と別れることにしたのよ」

私とSは同時に口をあんぐりさせた。二人とも口をぱくぱくさせるだけでなにも言えなかった。

「いいのよ。二人でたくさん話し合って決めたことだから。夫はとても思いやりのある人でね。私が身の回りのものを整理するあいだ、出かけてくると言ってくれたわ」

私は、モートンおばあさんが家族と一緒にスキー旅行をしている様子を思い浮かべてみた。三人、四人、あるいはそれよりもたくさんのよく似た人たちが連れ立って、一緒に丘陵を滑り降りてくる光景がスローモーションで流れる。なぜか涙が込み上げてくる。でも泣きたくなかった。どんな気持ちで泣きそうになっているのかモートンおばあさんに説明することは、とても難しいだろうから。もしも私が、うちの両親も離婚したという話をしてモートンおばあさんが涙を流せば、あまりいい気はしないだろう。よくわからないのに、自分がかわいそうな人だと思われているようで。

「うちの両親も離婚したんです」

そう言ったのは私ではなくSだった。

「そうなの」

モートンおばあさんは、心なしか涙ぐんでいるように見えた。Sはゆっくりと、慎重に言葉を紡いだ。

「僕がまだ小さかったときに別れたんですけど、二人とも元気に過ごしています。たまに話したりもするし。二人は別れてそれぞれ前よりも幸せになったと思います。それは正しい決定だったんだって、いつもそう思ってきました」

ややあって、モートンおばあさんが答えた。

「あなたのご両親は幸せね。あなたのように理解のあるお子さんがいて。でも、子どもにそんな大人びた考えをさせる人たちのことを、いい親とは言いにくいわね。とにかく、あたたかい言葉をありがとう」

それからしばらく沈黙が流れた。

ちょうど、日傘をさしたおばあさんたちが現れて、この気まずい空気を断ち切ってくれた。シャーリー・クラブだ。そのうち、自家用車でやってきたおばあさんはアウトドアテーブルを広げると、カップケーキとレモネードを並べはじめた。おやつを買いにきた人はガレージセールの品物を何個か買っていき、ガレージセールを見にきた人はついでにおやつを買っていくという具合に、売れ行きは上々だった。

日が暮れる前に売れ残った品物を車庫に片付けて、モートンおばあさんの家を後にした。さっきまでは夢中で気づかなかったけど、一日中ものを運び、たくさんの人と話したのでどっと疲れた。シティでSとコーヒーでも飲もうと思っていたけど、とてもそんな元気はなく、そのまま別れた。

日曜日は、いつものようにマスターの車に乗ってシティに出かけた。前日の夜は疲労のあまり、出かけるなんて絶対に無理だと思っていたのに、ぐっすり眠ったからかモートンおばあさんの家に早く行きたくてうずうずした。案外、商売に向いてるのかも？　小売業をやったほうがよかったかな。そんなことを考えながらモートンおばあさんの家に着くと、なんと、おばあさんは寝坊をしたようだ。パジャマ姿で玄関のドアを開けてくれたおばあさんの体からは、馴染みのある匂いがした。湿布の匂い。

「いいところに来てくれたわ。悪いけど、これ背中に塗ってくれない？」

おばあさんが差し出したのは、〈タイガーバーム〉だった。まさか、これってあの軟《なん》膏《こう》？　お母さんにも塗ってあげた、トラのラベルの？

おばあさんをベッドにうつ伏せに寝かせ、パジャマをめくって軟膏を塗った。前日、見た目だけでおばあさんが〝ちょっとだけ〟豆腐に似ていると思ったことは撤回だ。直に触れてみると、おばあさんの肌の触感は〝完璧な〟豆腐だった。タイガーバームの匂いがする豆腐なんて、この世のどこを探してもないだろうけど。

モートンおばあさんの体調がすぐれなかったので、ガレージセールの準備は前の日よりも遅れていた。前日にセットしておいたものがある程度残っているので大して支障はなかったものの、それでもおばあさんと一緒に準備したときに比べると捗《はかど》らなかった。午後一時頃にSがやってきて、ようやく準備を整えることができた。初日よりもっとたくさんの人がやってきた。幸い、Sが着いた頃にはモートンおばあさんも元気になり、しばらくは三人とも雑談をする暇もないほど忙しく働いた。それでも、売れた品よりも売れ残った品のほうが多かった。

「来週もまたやるんですか？」

「もうできないわ、こんな大変なこと。やっぱり、残りは捨てるか寄贈するしかないわね」

もったいないな、まだ使えそうなものがたくさんあるのに。かわいらしい額縁、陶人形、ベルトと電池を替えて見栄えをよくすれば、いい値段で売れそうな腕時計など。

「欲しいものがあったら持っておいき。ガラクタばかりで若い人が気に入りそうなものなんてないかもしれないけど」

どれもいい品物なのでただでくれるなら断りはしないが、荷物を増やしたくなかった。私はSの様子をうかがった。どうやら私と同じ考えのようだ。でも、Sは一歩進んだアイディアを提示した。

「お互いに、相手が欲しがりそうなものを一つずつ選んで交換するのはどう？」

悪くない考えだ。いや、いい考えだ、ものすごく。Sがせっかく素晴らしいアイディアを出してくれたので、私はSよりもいいものを探してプレゼントしないとおあいこにならない気がした。売れた品があった場所に別の品を移しながら、Sが喜びそうなものはないか目を光らせた。茶目っけのあるフレーズが書かれたマグカップ？　割れやすいものはやめておこう。もこもこのセーター？　Sには似合わないし、かさ張る。ハーモニカなんて、だれのものかわからない唾《つば》がべっとりついていそうだし、ウクレレ？　これはなんで売れ残ってるの？

散々悩んで選んだのは、レイバンのサングラスだった。ハードケース付きだからキャリーケースに入れても壊れないしそこまで場所も取らない。売れる前に取っておかなきゃ。サングラスをケースごとカバンに入れて、Sと目が合ったのでにっと笑った。Sがなにを選ぼうが、私が選んだものには敵わないだろうという自信、勝利を確信した笑みだった。Sは私がどうして笑っているのかまったく気づいていない様子で、ただ微笑み返した。

日曜日のガレージセールはそうやって幕を閉じた。寄贈するものと捨てるものとに分類し、寄贈するものはさらに衣類、本、その他に分けて箱につめた。一軒の家に長年住むと、こんなに荷物が増えるのか。あらためてそう思った。

「この家を離れるのはおばあさんですか？　旦那《だんな》さんですか？」

捨てるものをリサイクルできるものとできないものに分けて袋に入れながら、Sが尋ねた。

「私よ」

「メルボルンから遠いところへ行くんですか」

「遠いといえば遠いけど、近いといえば近いわね。バリに行くのよ」

　バリ！　私は箱のなかに半ば突っ込んでいた頭を勢いよく上げた。

「私、オーストラリアに来る前にウブドにいたんです。一日半くらいしか滞在できなかったけど、とても気に入りました」

「私も好きよ、ウブド。山奥の宝石みたいな村よね。でも、私は海辺で暮らすつもり。今度はマリンスポーツに挑戦してみようと思って」

　モートンおばあさんは、心から幸せそうな顔でそう言った。私はおばあさんがサーフィンする姿を想像してみた。スキーが好きだったおばあさんが、スキーの腕前を生かして波を乗りこなす光景を。そんなおばあさんは、世界でいちばんかっこいい豆腐に違いない。

　私とSは、それぞれプレゼントするために選んだものをモートンおばあさんに見せてから、ブランズウィックを後にした。モートンおばあさんは、クラブの大きなイベントがあるたびにオーストラリアに戻ってくると言った。でも、また会える可能性はないに等しいだろう。そんな話はわざわざしなかったけど、お互いに思ったはずだ。もしかしたらこれが最後かもしれないと。だから、長いハグで別れの挨拶をした。おばあさんの背中をとんとん叩くと、タイガーバームの匂いがほのかに感じられた。

中心街に向かうトラムのなかで、プレゼントを交換した。レイバンのサングラスを見たSは、私が思っていたよりもずっと喜んでいた。小さい子どものようにはしゃぐSを見ていると、前日の昼間に聞いたSの両親の話が思い浮かんだけど、そのことは考えないようにしてSからのプレゼントを受け取った。

Sが私のために選んでくれたものはウォークマンだった。再生と録音機能がついているポータブルカセットプレーヤー。私は笑いも、泣きもしなかった。とても小さい声で、ありがとう、とだけ言った。そして心ひそかに思っていた。完敗だ。それも、圧倒的な点差で。

Track 05

技術の発展に伴って愛を告白する方法も変わっていくって、面白いと思わない？　文字が発明される前は手紙なんて書けなかったわけだし。じゃあ昔は壁画を描いたのかな？　ここに描かれた水牛の数ほど君を愛してる、君と一緒にこうやって狩りに行きたいんだ、そんな意味を込めて。

文字ができてからも、手紙で告白できる人はごくわずかだったと思う。だれもが文字を書けて、紙が買える時代になったのはずっとあとのことだっただろうから。それでも電話が発明される前までは、海の向こうにいる人に愛していると伝えるための唯一の手段は手紙だったんだよね。

もちろん、いちばん古くて、それでいて同時代的な方法は、相手の目を見つめながら告白することだろうけど。インターネットが登場してビデオ通話ができるようになってからは、どんなに遠く離れていてもお互いの目を見て好きだって言える時代になったけど、地球は相変わらず丸くて時差もあるわけで……。いつか、日付変更線を乗り越えられる手段も発明されるのかな？

カセットテープも、告白の歴史の一端を担ってると思うんだよね。カセットテープの全盛期はとても短かったかもしれないけど、充分美しかったはず。私が生まれる前に、お父さんがお母さんにプレゼントしたミックステープを聞いたことがあるんだ。ミックステープって知ってる？　わかりやすく言うと、自分が好きな曲や相手が好きそうな曲を録音した手作りのテープのこと。途中でメッセージを吹き込んだりもするんだよ。つまり、たった一人のために作ったラジオ番組みたいなもの。あのときもそう思ったっけ。若い頃のお父さんの声をお母さんに内緒で聞きながら。

ねえ、知ってた？　実は、カセットテープは記録媒体としては長所よりも短所がずっと多いんだよ。記録媒体でいちばん重視されるのはいかに丈夫で長持ちするかなのに、カセットテープってものすごくデリケートだから。伸びて音質が劣化しやすいし、絡まって使い物にならなくなったりするし。磁気に弱いから磁石を近づけただけですぐにだめになっちゃうんだって。

テープに曲を録音するときは、お母さんに三分十四秒の曲を聞かせるために、お父さんも同じく三分十四秒という時間を使ったんだよね。思っていたタイミングで録音されていなかったり雑音が入っていたりして気に入らないときは、何度も三分十四秒を録《と》り直したわけで。相手に聞かせたい曲を選ぶ時間、相手に伝えたい言葉を考える時間以外にも、かなりの時間を費やしただろうし。私にとってカセットテープって、そういうものなんだ。愛する人に時間をプレゼントするには、まずは自分も同じくらいの、ときにはずっと多くの時間を費やさないといけないってことを教えてくれる道具。
あなたは知っていたんでしょうね。それが私に必要だってことを。それも、私よりもずっとはっきりと。

それからというもの、私の週末はSの言ったとおりになった。土曜日はクラブの活動に参加し、日曜日はSに会う生活。メルボルンのシャーリーたちとお菓子を焼き、犬の散歩をし、カフェ巡りをした。私を初めて招待してくれたペイトンおばあさんがまた集まりを企画し、史上最高に有名なシャーリーである、シャーリー・テンプル主演の映画をみんなで鑑賞したりもした。あるときは、同じ工場で働くのっぽのシャーリー・ベルモリンに招待されて行ってみると、その日のテーマはチーズプラッターパーティーだった。チーズの匂いなら職場でいやというほど嗅《か》いでいるので、工場の外でチーズの〝チ〟の字を聞いただけで吐き気がするほどだったけど、ベルモリンおばさんは平気らしい。工場でチーズを買うと従業員割引があるというのも、彼女のおかげで知った。かといって、チーズを買おうとはもちろん思わなかったけれど。

Sと会うと、特別なことをしなくても楽しかった。ビクトリア州立図書館の前にある巨大な駒でチェスをしたり、スワンストン・ストリートでパフォーマンスを楽しんだりもした。クラウンホテルのカジノでは二人仲良く五十ドルずつ負けた。私たちが初めて会ったスポーツパブでビールを飲みながら、Sが好きなチームの試合を見た。〈ハングリージャックス〉でハンバーガーを買った。いろんなところへ行って、いろんなものを食べた。タコス、ピザ、チュロス、ピビンバ、サーフ&ターフ、スラーピーチョコレートフォンデュ。

ある日、メルボルン市立図書館でルームメイトと偶然会った。Sと私はグラフィックノベルコーナーに、ルームメイトはその下の語学書コーナーにいた。先に相手を発見したのは私だったけど、わざわざ声をかけるつもりはなかった。ところが、ちょうどそのときルームメイトがこちらを振り向いたのだ。ルームメイトは手を大きく振り、私とSを交互に指さしながらOKサインを作ると別の書架に移動した。あのサインはどういう意味なのだろう。わかったのはシェアハウスに戻ってからだった。

「あの子でしょ？　いつも連絡してるランゲージ・エクスチェンジ」

「うん」

「なかなかいけてる人じゃん。やるわね、シャーリー。あんたったら、おとなしい顔して」

Sと最初に出会ったときから、外見についてこれといって意識したことはなかったので戸惑ってしまった。

「そういうのじゃないから」

「そういうのって、どういうの？　私なにも言ってないけど？　ほんと、〝後ろ暗ければ尻餅つく〟とはよく言ったものね」

なによ、しらばっくれちゃって。それに、私だって諺《ことわざ》くらいわかるもんね。こういうのを〝頭かくして尻かくさず〟って言うんでしょ？　多分。でも私は、ルームメイトの幼稚な挑発には乗らないことにした。図書館でグラフィックノベルと映画を観ながら過ごした教養あふれる一日を、こんなことで台無しにするわけにはいかないのだ。

寝る前、映画を観ながらSに耳元でささやかれたときのことを思い出した。私がつけていたヘッドフォンを少し後ろにずらしてからそっと体を寄せ、Sは耳打ちするように言った。いま流れてるこの歌を歌っているのも、シャーリーなんだって。そうなんだ。そう平然と言ったものの、しばらくは心臓ではなく耳がどくどく鳴っていた。映画が終わって検索してみると「ヒー・ニーズ・ミー（He Needs Me）」という歌を歌ったのは、シャーリー

（Shirley）ではなくシェリー（Shelley）という歌手だった。ちょっと、今まで私の名前のスペルも知らなかったの？と文句を言ったけど、Sが名前を勘違いしたおかげで私に耳打ちをしたわけで、まんざらでもなかったのも事実だ。いや、間違えたのはシャーリーの名前じゃなくて、その歌手の名前だよ。悔しそうにそう言うSの顔を見られたのも、得をした気分だった。

メッセージのやり取りも次第に増えた。Sは偶然見かけた野良猫の写真、ドックランズの夕焼け、その日自分が描いた美しく凝ったデザインのラテアートの写真なんかを、暇さえあれば送ってきた。仕事中は携帯電話を見られないので、昼休みや仕事終わりにSからのメッセージを読むことがささやかな楽しみとなった。昼に受け取ったメッセージの返事をSに送り、そこからリアルタイムで会話が始まると、あっという間に日が暮れる。早朝から昼過ぎまでしか働いていないのに。

図書館に行った次の週、Sは韓国語と英語、二つのバージョンで書かれた一篇の詩を送ってきた。ドイツに住んでいた韓国人の詩人の作品らしいんだけど、韓国語で読んでみてくれない？　仕事が終わり、夕食を食べてシャワーを浴びてから、一人でシェアハウスの前庭に出てSに電話をかけた。スピーカーモードにして携帯電話の画面を見ながら、Sから送られてきた詩を声に出して読み上げる。

「ひとり向かう彼方の家。ホ・スギョン」

詩を読み終えたあとも、Sと二時間近く話した。歩いたりしゃがんだりしながら話し込み、空に星が輝く頃に電話を切った。私は夜空を見上げながら、Sに読んであげた詩の出だしをぼそりと呟《つぶや》いてみた。貴方《タンシン》という言葉は、なんて素敵なんでしょう。頬と手がひりひりするほど携帯電話は熱を帯び、夜風がやや冷たく感じられた。サマータイムが終わろうとしていた。

私ね、天国ってバリみたいなところじゃないかって思うんだ。バリを見て天国を作ったか、天国を参考にしてバリを作ったか、どちらかに違いないって。ワーホリで貯めたお金でなにをするか悩んでたんだけど、バリに着いた日に答えがわかった。また絶対バリに来ようって。オーストラリアに来る直前の二日間しかいられなかったけど、すっかり気に入っちゃった。二日じゃないや。正確には二十六時間。ストップオーバーの滞在方法がわからなくて、乗り継ぎの時間までしかいられなかったから。

私が泊まったところはウブドっていう田舎町。海はまったく見えないところで、空港とも離れてるから思ったよりも時間と交通費のロスが大きくて。でも、行ってよかった。宿の近くにモンキーフォレストっていう、その名のとおり、野生猿の森があってね。かわいい顔して凶暴な猿が群れをなして暮らしてるんだけど、観光客に寄ってたかっていたずらするんだ。あの小さな猿が、スカートをめくるのだって見たんだから。冗談じゃなくて、本当に！

　バリでいちばん楽しみにしてた観光地はもちろんモンキーフォレストだったんだけど、実はバリと聞いて真っ先に思い浮かぶのは、モンキーフォレストに行く途中に偶然見かけた、グラフィックアートなんだ。そんなにカッコよかったのかって？　バリ旅行でいちばん期待してたモンキーフォレストよりも印象に残るくらい？　ううん。ただ、すごく単純だったから。言葉で説明するだけでも鮮明に思い描けるくらい。真っ黒に塗られた壁に、真っ赤な字でこう書かれてた。

IS DEAD

　どうしてその光景がこんなにも強烈に記憶に残ってるんだろう。意味もはっきりわからないし、美しくもないし、私が好きなバリの姿とはかけ離れているのに。ひょっとして、そのせいかな？　バリとは似つかわしくない、異質な風景だから？　死んだのはだれだったんだろう。なにが死んだんだろう。実はだれも死んでなくて、死んでほしいと思ってただけなのかな。その言葉を書くとき、その人は悲しかったのかな。怒ってたんじゃないかな。

こうやって考えはじめると、夜も眠れなくなるんだ。

マスターが、シェアメイト全員で日帰り旅行に行こうと提案した。暑さもだいぶやわらいできたからと。目的地はグレート・オーシャン・ロード。メルボルンで最も有名な観光地だ。暑さがどうこうというのは実はどうでもよくて、どうやらマスターが週末だけボランティア教師をしている教会で、ちょうどそこへ団体旅行に行くことになったようだ。つまり、うちのシェアハウスメンバーだけでなく、百人余りの見ず知らずの人たちと行動を共にしなければならないということだ。それも、Sに会う予定の日曜日に。シェアメイトたちは一日くらい悩んでいたようだけど、全員参加することにしたらしい。グレート・オーシャン・ロードはワーキングホリデーでオーストラリアに来る人なら一度は訪れるという有名な場所で、旅行会社を通せば五十から百ドルはかかる。マスターにただでつれていってもらうほうが得だと判断したのだ。

私はその損得勘定に加わりたくなかった。もちろん、私にとってもグレート・オーシャン・ロードは一度は行ってみたい観光名所だけど、わざわざ親しくもない人たちと行きたいとは思わない。どんなにつまらない場所だろうが、Sと一緒にいるほうがいい。

マスターは、まさかこの旅行に参加しないはみ出し者がいるとは思いもしなかったようだ。ほかのシェアメイトたちも、急に決まったこの旅行を一種の親睦会と考えているようだった。行かなきゃだめなのかな。独り言のようになにげなく言うと、みんな、行かないなんてどうかしてる。ばかじゃないの？　せっかくの機会なのに！という反応だったので正直驚いた。〝なんとなく〟行きたくないというのはだめなんだろうか。〝ただ〟自分のやりたいようにするのはだめなんだろうか。

二日くらい悩みに悩んでから、マスターに旅行には参加できないと告げた。

「正直、シャーリーは行かないと言うと思ってた」

マスターは私の手を握ってうなずきながらそう言った。

「シャーリーがみんなとうまく馴染めていないような気がしてたの。だから、これを機に少しでもほかの子たちと仲良くなってほしいっていうのが正直な気持ちなんだけど」

まるで私のためを思って言っているかのような口ぶり。でも、なぜか不快だった。妙な既視感も覚えた。ああ、そうだ。担任の先生。私は、自分がいじめにあっていることに気づいていなくて、単にとくに仲のいい友だちがいないだけだと思っていたのだけど、実はクラスメイトが密かに私を仲間はずれにしていたという事実をわざわざ教えてくれた先生。あのときのように、ひどくみじめな気持ちになった。私がうんともすんとも言わないので、マスターは勝手に会話を締めくくった。

「とりあえずわかったわ。でも日曜の朝になって気が変わったら必ず言ってちょうだい、いいわね?」

「はい」

とりあえず返事をしたけど、考え直す気などさらさらなかった。土曜日の夜遅く、眠りにつくときも翌朝のアラームはセットしなかった。そして十一時頃に目が覚めた。Sから電話がなかったら、もっと遅くまで寝ていたかもしれない。

「今日は仕事が早く終わってさ。今どこ?」

「ごめんなさい、まだ家……」

起きてからの第一声だということを考えても、声がひどく掠《かす》れていた。携帯電話を顔から離して唾を飲んでみた。うまく飲み込めない。

「どこか具合でも悪い？」

Sは私の声を聞いてすぐ異変に気づいた。

「喉がちょっと腫れてるみたい」

手の甲で喉元をさすりながら答えた。手は冷たく、喉は熱い。少し押さえるだけで息苦しい。

「困ったね。かなり悪いの？」

「よくわからないけど、今日は会わないほうがいいかも。今から出発しても遅いし、うつしたら大変だから。多分、風邪」

長々と話したわけでもないのに、声がしゃがれた。喉を慣らしてからもう一度唾を飲み込み、息を整えた。

「薬は？　買っていくよ」

「だめ。遠すぎるよ」

「いつもシャーリーがこっちに来てるじゃん。今度は僕が行くよ」

「絶対にだめ」

ほんの一瞬、私が送った住所をグーグルマップで確認しながらバスに乗り、この家のチャイムを鳴らすSの姿を想像してみた。そして、私たちが一緒にいるところにシェアメイトたちが帰ってくる光景も。理由はわからないけど、ものすごく恥ずかしくなり顔が一気に火照った。

「絶対、絶対、ぜーったいだめだからね。どうしてもっていうなら、私がシティに行くから」

Sはため息をついた。

「じゃあ、切るよ。お大事に」

「やだ。切らないで」

体調が悪いことを認めると、本当につらくなってきた。関節がぎしぎしときしみ、言うことを聞かない。体が燃えるように熱い。感覚をもったまま暖炉に放り込まれた薪になった気分だった。Sの紫の声をずっと聞いていたかった。Sの声を聞いているあいだは、この苦しみを忘れられた。

「頑固者（Such a hardhead）」

そう言ったSの声は、底抜けに明るく、いたずらっ気のある紫だった。私は目を閉じて、まぶたの下がSの声と同じ紫に染まる瞬間を感じていた。

「病人の頼みを断る気？」

「シャーリー、息が荒くなってるよ」

恥ずかしくなって携帯電話を顔から離し、スピーカーに切り替えた。

「だったら代わりにいっぱい話してよ」

「わかった。いま家に着いたよ。着替えてからまた電話する」

「うん」

電話を切ってからリビングへ行き、水を飲んだ。腫れ上がった扁桃腺のあいだを冷たい水が通り過ぎていく。一口飲んでから喉を湿らせ、もう一口飲んで何度か咳払いをした。コップ一杯の水を飲むのにずいぶん苦労した。ベッドに戻って横になると、すぐにSから電話がかかってきた。

「さて。なんの話をしようか」

「なんでもいいよ」

「怖い話は?」

「怖い話はいや」

嘘じゃなく、怖い話は本当に苦手なのでとりあえずは断ったけど、少し気にはなった。ドイツの人の怪談はどんな話なんだろう。実は気になるのは怪談ではなくてドイツ人のほうだ。これまでたくさんの週末を一緒に過ごしながら、私たちが話したのはもっぱらオーストラリアのことだった。目の前にあるものについて。

「昔の話が聞きたいな。子どもの頃の話とか」

「子どもの頃の？　別に話すようなことはないけど」

「韓国語をどうやって学んだのか、とか？」

「うん……祖母と祖父に教わったんだ。二人はなるべく僕に韓国語で話しかけようとしてた。ほんの子どもの頃はほぼ祖母と祖父と一緒に暮らしてたから、今よりはずっとうまく話せたんだけどね。そのときは週末にハングル教室に通ったりもしてたし。話すのは二人に教わって、読み書きはハングル教室でちょっとだけ勉強した」

「どうして勉強を続けなかったの？」

「両親が反対してたんだ。祖母と祖父は僕を韓国人だと思っていたけど、両親はそうじゃなかったから」

Sの声がわずかに暗くなった。なんと言ってあげたらいいんだろう。熱で思考が鈍っていたけど、健康だったとしても大して気の利いたことが言えたはずもない。

「シャーリーはどう思う？　僕は韓国人みたいに見える？」

「よく……わからない」

私なりの最善の答えだった。

「僕も同じだよ」

Ｓは柔らかく笑った。自分でもよくわからない申し訳なさを多少なりともやわらげてくれる笑い声だったけど、胸がぎゅっと締めつけられた。

「僕も自分が韓国人だとは思わない。でも、僕は自分をドイツ人ともイギリス人とも思えない。韓国人としても、ドイツ人としても、イギリス人としても、自分が中途半端だって感じるんだ」

余計な話をしてしまっただろうかと思ったそのとき、突然Ｓの声が明るくなった。

「あっ、そうだ。面白い話があった。僕の祖母と祖父のロマンス」

目を閉じて、Ｓの話を頭のなかで思い描いてみた。Ｓと私が生まれる前、私たちの両親が生まれるよりもずっと前、物語の主人公である男は韓国からドイツに渡った。貧しい家に生まれた三男三女の末っ子で、二人の兄と一緒にドイツ行きを希望していたが、どういうわけか、いちばん下の自分だけ合格したので信じられなかった。男は鉱山労働者になった。懸命に働き収入のほとんどを故郷に仕送りした。ドイツの食べ物は口に合わないからとキャベツのキムチを漬けていた同僚たちとは違い、男はなんでもよく食べ健康だったが、いつからかしょっちゅう胃腸の調子が悪くなり、頭痛に悩むようになった。

一方、女の主人公は、男よりも半年遅れてドイツに渡った。看護師として働きながら語学学校に通い、それ以外の時間も一生懸命勉強した。きつい仕事も率先して引き受ける働き者で頭も良かったので、病院の人々からも好かれていた。ドイツに来て二年経った頃、故郷の家族からは早く帰国して見合いでもして嫁にいけと言われた。女はドイツの暮らしが気に入っていた。やりたいことを思う存分学び、人々に認められる仕事をしながら金もたくさん稼ぎたいと思っていた。

帰国を控えていた男は、その前に病気を治療することにした。隣町の郊外の病院に韓国人の看護師らが来ているという噂を聞き、そこなら言葉が通じるだろうと思ってその病院を訪ねた。そして、その病院で女に出会った。男は病気になってよかったと思った。男はドイツ語がまったくできないふりをして、女に病状を説明した。実際にはそれよりは話せたため、「ねえ、お腹が痛い、頭が痛いという言葉もわからないの？　二年以上もなにをやってたの？」と言われてしまいプライドが傷ついたが、もはやそんなことはどうでもよかった。

当時、ドイツで働く韓国人の鉱山労働者と看護師は、三年単位で契約を結んでいた。再契約がかなわず故国に帰らなければならなくなった鉱山労働者たちは、看護師の寄宿舎に駆け込んで必死にチャイムを鳴らしながら結婚してくれと懇願したという。そうしないと、ドイツに居続けることができないからだ。女もそんなことを何度か経験した。だから、男に会ったときも、どうせほかの男たちと同じだろうと訝《いぶか》しんでいたのだが、実は患者だったと知ってほっとしたという。

男は病院まで片道六十キロの距離を毎日バスに乗って通い、二人は出会って三か月で結婚した。

「それでおしまい？」

「え？」

「おじいさんは一目惚れだったけど、三か月のあいだにおばあさんにはどんな心境の変化があったのかなと思って」

Ｓは大笑いした。

「そうだよね。僕もなんとなく引っかかってたんだけど、どこがおかしいかわからなかったんだ。祖母がそれ以上は話してくれなくてさ。いつも『うちのくそじじい』って言うだけで」

英語で説明している途中で出し抜けに〝くそじじい〟という韓国語が出てきたので、私も吹き出してしまった。

「ちょっと待ってね」

笑いが収まると、Ｓは写真を一枚送ってきた。うつ伏せに寝転がって携帯電話の画面を確認する。送られてきたのは若い男女がカメラを見つめて抱き合っている白黒写真だった。

「うちの祖母と祖父の若い頃の写真」

写真を見た途端、笑いが引っ込んだ。

「おじいさん、ものすごくハンサム」

おばあさんがSには話さなかった多くの部分が、一発で納得できる写真だった。私の真剣なコメントを聞いてSはまた笑い出した。しばらく笑ったあと、Sが言った。

「ドイツに初めて来たときの祖母と祖父は、今の僕と同じくらいの歳だったと思う。多かれ少なかれ、僕と同じように文化の違いに戸惑いながら暮らしていただろうし。僕はね、移民家庭の子どもは、その国の国民や市民という感覚ではなくて『移民』という第三、第四のアイデンティティを持つと思うんだ」

電話中であることも忘れて、思わずうなずいた。Sの声はいつになく紫色だった。

「この話をいつか映画にしたいんだ。僕もまだよくわかっていない、僕の母国語に対しての思いを」

思いがけずSの夢を知った。そして、それはこの上なくはっきりとした、素晴らしい夢だと思った。じゃあ私は？　なにがしたいんだろう。なにになりたいんだろう。体はだるく頭も回らないけど、そんな疑問が頭をよぎった。ワーキングホリデーが終わったら、大学に通い続けるか、ほかのことを探すかどうかも決めていない。やりたいことも、できることも、思い浮かばない。

「シャーリーも聞かせてよ。子どもの頃の話。あ、でも、喉が痛かったら無理しないで」

「いいよ。うーん……頭が痛くてうまく話せるかわからないけど。私も小さい頃に韓国を離れて暮らしたことがあるんだ。一年くらい」

「どこで?」

「ニューヨーク。お父さんについていったの。小さかったから覚えてないけど、経済的にかなりきつかったと思う。それからお父さんとお母さんは別れた」

父は韓国でそこそこ名の知れた歌手だったが、海外での知名度はないに等しかった。芸術にはインスピレーションが欠かせないのだと言いながら、母を置いてニューヨークへ発つ際、父は私をつれていった。父は私にも音楽の才能があると信じていた。私はそのことを、Sが聞かせてくれたようなおばあさんとおじいさんの馴れ初めのように面白く話す自信がなかった。それでも話したかった。最後まで話す自信もないくせに、無性に話したい衝動に駆られた。

「そうなんだ」

Sはそれ以上訊かず、短く答えた。Sの両親も、Sが幼い頃に離婚したって言ってたっけ。だからこういう話をするときのマナーもわきまえているのだろうか。

「やっぱりこの話はやめとこうかな……。ほかの話にするね。実は私、クリスマスが嫌いなんだ」

「どうして？」

自分で話題を変えたくせに、いきなり言葉につまってしまった。いざ話そうとすると、これも父に関する話だったからだ。しばらく黙っていると、Sが心配そうに尋ねた。

「体、つらい？」

つらいのは体よりも心。自分がばかみたいで。そう言いたかったのに、涙があふれてきた。なんの前触れもなしに。なにか言わなきゃ。黙っていたらSが電話を切ろうとするかもしれない。そんなことを考えていると、余計に泣き止むことができなくなった。でもSは、私の泣き声をしばらくじっと聞いていた。涙が止まった頃、Sが言った。

「シャーリー、もう休んだほうがいいよ。薬はある？」

「うん」

たしか、生理痛用の鎮痛剤があったはず。

「じゃあ薬を飲んでもうおやすみ。子守唄を歌ってあげるから」

Sに言われたとおり薬を飲んで横になった。Sがドイツ語で子守唄を歌ってくれた。私も知っているメロディーだ。ねむれよい子よ、庭や牧場に……。歌い終えると、Sは恥ずかしそうに訊いた。

「歌、下手くそでしょ」

「うん」

Sは笑った。笑い声を聞くとほっとした。

「喉が治ったらシャーリーも歌ってよ」

「うん」

「歌、うまいの？」

「さっきのよりは」

「ひどいなあ」

アルバムだって出したことがあるんだから。子どもの頃だけど。そう言いたかった。今度話してあげよう。Sは音楽のセンスはなさそうだから、映画を作ったらOSTは私が歌うっていうのはどうかな……。薬の効き目とは違う眠気がだんだんと迫ってくる。泣いたからだろうか。いつ電話を切ったのかもわからないまま眠りに落ち、シェアメイトたちが帰ってくる騒がしい音で一瞬目が覚めたが、そのまま寝たふりをした。そして、また眠りに落ちた。

Track 06

疲れてるのかな。それならぐっすり眠れば治るだろうと思っていたのにとんだ誤算だった。明け方、全身汗まみれで目覚めてからは、くしゃみと鼻水が止まらなかった。

「いったいどこを出歩いてたの？」

マスターは心配しているような、責めるような口調でそう言いながら、風邪薬を持ってきてくれた。

「どこにも行ってません」

マスターが中三の頃の担任のようだと思ってからというもの、そのイメージをなかなかぬぐうことができなかった。ふと、十代半ばの自分の姿が思い出された。雨雲のように、煙のように暗く重たい生徒たちの声、その喧騒で埋め尽くされた灰色の廊下を力なく歩く少女。私は肩をすぼめてぐったりとうなだれた。そのまま二回続けてくしゃみをした。

「だめだわ。これじゃ今日は仕事には行けないわね。私から話しておくから」

「私、働けます」

シェアメイトたちが出勤の準備をしながら横目でこちらを見ているのがわかる。またくしゃみが出そうになったけど、必死にこらえた。そのせいで体がぶるぶると震えた。

「そんなに震えてるのに仕事なんて無理よ。今日は休みなさい」

仕事に出かけるシェアメイトたちとマスターを見送ったあと、ベッドにどさっと倒れ込み、ふたたび眠りについた。起きてからラーメンを作って食べ、マスターが置いていった風邪薬をもう一度飲んだ。トイレットペーパーを一人で一ロール半使い切った。共用の備品だから無駄使いしないようにと、マスターはいつも小言を言っていた。帰ってきたらこれ見よがしにため息をつきながら嫌味を言われるんだろうなと思うと、悲しくなった。好きで病気になったわけじゃないのに。

薬が効いてきたのか、頭がぼうっとするけど眠くはない。それもそのはず、日曜日からひたすら寝ていたのだから。ベッドにうつ伏せになってSにメッセージを送った。仕事を休んだと言うと、自分も今日は休みだったのにとSは残念がった。体調不良で仕事を休んだのにどうやって遊びにいくのかと訊くと、病院に行ってくると言えばいいじゃないかと言う。不良少女じゃあるまいし。シャーリーが真面目すぎるんじゃない？　そんなことを言い合っていると、シェアメイトたちが帰ってきた。

「具合はどう?」

玄関に出迎えにいくと、マスターが心配でたまらないといった面持ちで言った。

「だいぶよくなりました。明日は出勤できます」

「シャーリー、そのことで話があるんだけど」

マスターは、シェアメイトたちのほうにちらりと視線を向けると、私を自分の部屋へつれていった。

「いくら私がスーパーバイザーでも、うちにいる子たち全員をかばってはあげられないの。知ってると思うけど、工場長は気難しい人だから」

知るもんか、そんなこと。工場長なんて面接のときに五分くらい話しただけだし、すれ違いざまに挨拶する以外、会うことすらないのに。

「それに、この仕事って時間が大事でしょ? それでシャーリーにかなりご立腹なのよ。時間もろくに守れない子だって思ったみたいで」

「じゃあ……どうなるんですか?」

「もう出てこなくていいって」

「どうしてですか?」

「どうしてかって? もう一度説明しようか?」

頭が朦朧《もうろう》とし、視界がぼやけてくる。

「いえ、大丈夫です。わかりました」

「明日もう一度掛け合ってみるわ。多分だめだと思うけど」

私はマスターの言葉を聞き過ごしてから部屋に戻った。ちょっと、あんたどうしたのよ？　机の前に座っていたルームメイトに引き止められたけど、それを振り払ってベッドに潜り込んだ。うつ伏せになり、頭まですっぽり布団を被って泣いた。

火曜日の夕方には、シェアハウスからも出ていくように言われた。同じ工場で働く人たちが住む家に、部外者がいると困るのだという。わかったと答えた。一朝にして職を失い、家まで失った。言ってみれば、ハンマーで殴られてじんじんしているところへ、さらにデコピンをくらわされたような衝撃だった。そもそも、なぜ殴られたのかもわからない。

■

ここだけの話、私ね、実はお姫さまになりたいんだ。ずっとそうだったし、これからもそうだと思う。

子どもの頃に思い描いていたお姫さまといえば、フリルとかレースがたくさんついたドレスを着て、おしとやかに歩くきれいな人っていうイメージだったっけ。お姫さまを描いてみましょうって言われたら、みんなそういう絵を描くじゃない？　私も、もともとは、ただかわいいからお姫さまが好きなんだって思ってたけど、いつからか考えが変わったんだ。お姫さまが好きな理由は、王になれる女だからだと思う。どんなに重いドレスを着ていても、いつもぴんと背筋を伸ばしている人。だれと目があっても先に目を逸らさなくてもいい人。いつか王になるかもしれない、王になる資格がある人。

この考え方の素敵なところは、そういうふうに考えれば、どんな人に会ってもばかにできなくなるっていうこと。あの人は、実は正体を隠しているどこかのお姫さまかもしれない。たとえ今は力もなくてみすぼらしいけど、本当はお姫さまかもしれない。その人がお姫さまの国には国民もその人しかいないかもしれないけど、それでもお姫さまはお姫さまだから。同じ姫として、姫対姫であの人に接するべきだって。そう考えるようになってからは、人の見た目なんてどうでもよくなっちゃった。お姫さまはどんな服を着ていてもお姫さまだから。

お姫さまが好きで、お姫さまになりたくて、あえていいところを探そうとしているのかもしれないけど。でもね、いつも思うんだ。お姫さまという言葉を悪い意味でしか使わない人こそ、お姫さまのいい面から必死に目を背けているんじゃないかって。たとえば、ある女の子の悪口を言うとき、「お姫さまにでもなったつもり？」って言う人がいるでしょ？なったつもりじゃなくて、その子が本当のお姫さまだったらどうするんだろう。素性を明かさずに、ううん、自分でも自分がお姫さまであることを知らなかった人が、実はお姫さまだったってわかったら、そのお姫さまに冷たくしてきた人はどう思うかな？

そんなことが起きればいいのに。本当に。どうか、一度でいいから。

▶

水曜日の目覚めは悪くなかった。微熱はあったけど、前日のように汗もかいていなかったし、鼻水工場のように鼻水を垂れ流していた鼻も少しつまっているだけで平気だった。一日か二日ゆっくり休めば嘘のように治るものを、その間に仕事を失ってしまうなんて。もう働けるのに。

あんなに止めたのに、Sは私に会いにくると言って聞かなかった。もう知らない、どうせ出ていくんだから家の住所を教えても大丈夫でしょ。そう思ってグーグルマップのリンクを送った。Sはバスの到着予定時刻よりも十分早く着いた。私はちょうど出かける準備を終えたところだった。ベルが鳴った。もしやと思って出てみると、玄関のドアの前にS

が立っていた。

「自慢したいものがあって早く来たんだ」

Sが体を少しずらすと、庭に灰色っぽいフォードのワゴンが停まっているのが見えた。フロント部分は乗用車のようで、後ろは広い荷室になっている。元々は黒だったのだろうけど、車体は色あせてハトのような色になっていた。

「かっこいい！」

さっそく助手席に乗り込んでシートベルトを締めた。肩で風を切って悠々と歩いてきたSも運転席に座った。そしてエンジンをかける前に、咳払いをしてコンソールボックスからレイバンのサングラスを取り出してかけた。

シティに向かうあいだ、私はこの間マスターに言われたことをひとつ残らずSに話した。メッセージのやり取りをしながらすでに伝えていたけど、細かいニュアンスまで伝えるには不充分だったからだ。事細かに説明しすぎて告げ口をしているような気分になったけど、Sはマスターを叱れる立場の人間ではないので大丈夫だろうと思った。それでもSは、話を聞き終えるとマスターを懲らしめてやると言ってくれた。

「サングラスをかけて運転していると、映画に出てくる殺し屋になった気分だ」

Sはギアから手を放して銃の形を作ってみせると、ピュン、ピュンと声を出しながら宙に向かって撃つ真似をした。すっかり役になりきっているSがかわいくて、笑わずにはいられなかった。バキュン、バキュンでもなくピュン、ピュン？　殺し屋らしくサイレンサー付きの銃だなんて、なかなか演出が細かいじゃない？

「シャーリーはひとこと言うだけで、いや、うなずくだけでいい」

運転だって下手くそで震えているくせに、なに言ってるんだか。私は首を振った。

Sの家のアパートに車を停めて〈イートピザ〉まで歩いた。ピザをテイクアウトしてヤラ川周辺を散歩した。そういえば、シェアハウスに引っ越して以来、平日にシティにやってきたのは初めてだ。どこへ行っても、週末の同じ時間帯よりずっと静かで快適だった。いい気分転換になったと思いながら時計を見ると、もうシェアメイトたちが帰ってくる時間だった。また気分が沈んできた。私が時計を見たからか、Sも時間を確認した。

「あっ、もうこんな時間か。シャーリー、クイーンビクトリア・マーケットに行ったことは？」

クイーンビクトリア・マーケットといえば、メルボルンでいちばん有名な韓国食材スーパーの近辺にある市場だ。Sのアパートの近くでもある。

「ナイトマーケットは？」

私は首を横に振った。

「ちょうどよかった。今日一緒に行こう。毎週水曜日にやってるんだ。エウロパシーズンが始まったばかりだからきっと面白いよ」

「ナイトマーケットなら遅くなるんじゃない？　みんな心配するかも」

「まあ、遅くまでやってるからナイトマーケットなんだけどね。日暮れ前に始まるんだ。それにちょっとくらい遅くなってもいいじゃん。うちに泊まればいいし。マーケットから近いからさ」

Sは驚くほどさわやかにそう言うと、先に立って歩き出した。え、待って待って？　頭の処理が追いつかず、断る余裕もなかった。たしかに、遅くなったからといって心配する人はシェアハウスにいない。一つ引っかかるとすれば、マスターはふだん、シティで夜更かしする人を尻軽女（slut）と言っていたことなのだけど、どうせ近々出ていくわけだし、今となってはマスターにどう思われようが関係ない。勝手に言わせておけばいいのだから。

ナイトマーケットの開場時間を待ちながら、カセットテープを買える店を探した。せっかく録音機能がついているカセットプレイヤーを手に入れたので早く試してみたかったのに、空テープがなかったのだ。レコード店や〈ディモックス〉などの大型書店ではなく、事務用品店の〈オフィスワークス〉でテープが買えたのは意外だった。もう時間がないというときに、最後に駄目元で入った店だった。

私たちは、クイーンビクトリア・マーケットまで凱旋将軍のように行進した。たくさんの人が同じ場所に向かって歩いていく。沈んでいく夕日の陰に、エウロパ・ナイト・マーケットのネオンサインが浮かび上がっている。韓国食材スーパーに向かうときに遠くから見る市場とは、まるで違う姿だ。それもそのはず、私がいつも通りかかる日曜日は市場が休みで、だだっ広い広場には無造作に停められたフォークリフトや、干からびた野菜しかないように見えたのだ。Sは、ナイトマーケットの会場を明るく照らす温かい光のなかへ私を導いた。マーケットの奥のほうにあるステージではバンドの演奏が行われており、その前で人々が踊っていた。心が弾んだ。踊りたい？　Sの声はバンドの音にかき消されてとても小さく聞こえた。ううん、ステージに上がりたい！　高鳴る気持ちを抑えられなくて、胸がうずうずする。吐き気すら覚えた。

バンドの演奏が終わるまでステージの手前に立っていた私たちは、次にDJが上ってくるのを見て移動した。ナイトマーケットを歩きながら、店をあちこち見物した。石けん、アロマキャンドル、フルーツシロップなどのハンドメイド製品を販売している店がほとんどで、どことなく不気味な木彫り人形を売っている店や、ピーピーと音が鳴るネズミのおもちゃ、自転車に乗った人間の模型がトラックを延々と走り続けるおもちゃなど、風変わりなものを売っている店もたくさんある。とてつもなく広いうえに人も多いので、一晩ではとても回りきれない。

そのうち小腹がすいてきたので、なにか買って食べることにした。ナイトマーケットで目立つ大きな店はみな食べ物を売っていて、どこも長蛇の列ができていた。それでもまだましだったのが、マーケットのA棟のど真ん中にある〈ヘルズキッチン〉だった。近くで見ると、食事やおやつ代わりに食べるファストフードではなく、ホットソースと唐辛子の香味油を取り扱っている店だった。ヘルズキッチンの看板には、小さく〝ジョアンナの(Joanna's)〟とあり、赤いジャンプスーツを着た小さな悪魔が、真っ赤になった舌を出して辛そうに手であおいでいるイラストが描いてある。店番をしているのは、やさしくて人のよさそうなおばあさんだった。なるほど。きっとこの人がジョアンナなんだろうと思いながら、試食を申し出た。

「何段階？」

おばあさんは、辛さの度合いを五段階に分けて示したチャートを見せながら訊いた。なめてもらっちゃあ困るわね、おばあさん。あなたは白人でイギリス人の末裔《まつえい》でなによりも……おばあちゃんじゃない。私は激辛火鶏炒《プルダックポックム》め麺の国からやってきた若くて健康な韓国人なんだから！

「いちばん辛いやつ（the hottest one）で」

ジョアンナおばあさんは、試食用のナチョに最上位のホットソースをつけると、聖餐式《せいさん》を執り行う神父のように、私の口に入れながら言った。

「楽しんで（Enjoy it）」

そのあとはしばらく記憶がない。口のなかをゲンコツで殴られた気分だった。気がつくと、Sが私の肩を揺さぶりながら大丈夫かと訊いていた。鼻づまりが一瞬にして解消し、目には涙がたまっていた。もはやジョアンナおばあさんの顔は、はじめのようにやさしく見えなかった。またね。挨拶するおばあさんを後にして、私たちは逃げるようにその場を立ち去ったのだった。


あれは多分、音楽の遂行《すいこう》評価のときだったと思う。ドイツにもあるのかな？　こういうの。家での課題や実習の内容も含めて総合的に成績を評価することなんだけど。

中学三年生二学期の音楽の遂行評価は、楽器の演奏だったんだ。うちのクラスメイトの半分以上は、得意な楽器が三つくらいはあったと思う。ピアノ、バイオリン、フルート。チェロやコントラバスを習ってる子もいたし、ピアニストを目指している子も三人いたっけ。それなりに裕福な街にある学校だったからね。留学するにも、芸術や体育系の成績が大事なんだって。

つまりは、自信のある楽器で自信のある曲を演奏して、点数をつけられるっていう試験だったわけ。私が選んだのはギター。ちょっとは弾けたんだ。子どもの頃、お父さんに教わったから。でも、数年ぶりに弾こうと思ったら、コードもほとんど思い出せないし指も思うように動かなくて。それでお父さんに助けを求めたの。月に二回くらい、週末にお父さんと過ごす時間があってね。試験間近の週末はずっとお父さんと合宿しながら猛特訓。お父さんに迷惑じゃないかって、お母さんは心配してたけど、むしろお父さんは大歓迎って感じだった。俺の娘が音楽の試験で一位になれないなんてありえないだろう、とか言いながら。お父さんは、自分の持ち歌でコード進行が易しいものを選んで練習させてくれた。歌も一緒にね。弾き語りは、歌も演奏の一部なんだって。演奏しながら歌うのはたしかにいい考えだなって思った。ちょっと練習すれば、歌いながらギターを弾くほうがコード進行も間違えにくいし。

実技評価の日、音楽の先生が拍手してくれたのは私だけ。Aプラスをもらえるのはクラスで二人って相対評価で決まってたんだけどね、そのうちの一人が私だった。ありがたいけど、無難に真ん中くらいの点数だったらよかったのに。そのことで、変に目をつけられて本格的にいじめが始まったから。

「親の七光りじゃん」って嘲笑《あざわら》いながらにらんできたその子たちに、なんて言い返したらいいか今ならわかる。あんたたちの父親は音大の教授でしょ。それに、これはそんなに大事な試験でもないじゃない。優等生はダサいって散々ばかにしてたくせに、なんでこの試験にだけ躍起になるわけ？

　でも、これは二十代の私が十六歳の女子に反撃する、ただの想像に過ぎないから。もっとひどい出来事もあったけど、それで、もっとひどいことを言ってやりたいって思ったりもするけど、その話はやめておくね。


　ナイトマーケットで、ネパール風の焼き鳥と、大きなパンの中身をくり抜いてそのなかにスープを入れた料理を食べた。味はそれなりによかったけど、人が多すぎてテーブル席には座れず、立ったまま食べたのでなんだか物足りなかった。私たちは、ピュアブロンドやＶＩＣといったオーストラリアのビールと栄養ドリンクを買い込んで、Ｓのシェアハウスに行った。Ｓの暮らすシェアハウスはアパートの三階だった。部屋は三つ。すべて二人部屋でマスターは同居していないらしい。

私とS、そしてSのルームメイトのピーターの三人でビールを飲んだ。ピーターの提案でリンダも呼んだ。リンダはドーラをつれてきた。ドーラが来る頃には私はもうかなり酔っていたので、さほど気分は悪くなかった。

どんな話をしたのか、はっきりとは思い出せないけど、ものすごくたくさん笑ったような気がする。英語が母国語ではない人の多くがそうするように、私は内容と文法を頭のなかで一度チェックしてからゆっくり話す習慣があったのだけど、酔っ払うと勝手にぺらぺらと言葉が出てきた。隣の部屋から、静かにしてくれと二回ほどクレームが入った。ピーターは肩をすくめると、気にしなくてもいいと言った。あっちの部屋は、こっちよりももっとうるさいパーティーをしょっちゅうやってるんだとか。

目が覚めると、ドーラとリンダは先に帰ったのかもういなかった。私は二段ベッドの下段で寝ていた。上からはいびきが聞こえてくる。ピーターだろう。Sは、私が寝ているベッドの足元に片腕を置いて腕枕にして眠っていた。膝にSの肘《ひじ》が触れているのが布団越しに感じられる。

そのとき、どうしようもなくこの人が好きだという感情が、抗えない波のように押し寄せてきた。

受け入れなければ。私には、この人が〝いる〟ということ自体が、とてつもなく大きな慰めであり喜びであるという事実を。この人を知ってからというもの、私はずっとこの人を必要としてきたのに、その事実から必死に目を背けていた気がする。それを認めると、これまで一度も感じたことのない類いの妙な感動に包まれた。私は、好きなんだ、この人が。この人が好き。この人のことが好きだ。私にとってそれは、とてもシンプルで破壊的な事実だった。

そんなことを考えながらSの寝顔をじっと見つめていると、Sが目を開けた。そして、彼特有の紫の声でこう言った。

「よく眠れた？」

その声を聞いた瞬間、同時に気づいた。この人が好きだと、この世のすべての人を捕まえてそのことを言いふらしたいという気持ちを、この人にだけは最後まで秘密にしておきたいと思っていることを。

携帯電話を見ると昼の十二時を回っていた。ルームメイトから一件、知らない番号から一件、不在着信があった。ちょうど昼休みの時間だったので、ルームメイトに電話をかけて友だちの家に泊まったと伝えた。そして知らない番号のほうには、どなたですか？とメッセージを送った。すぐに電話がかかってきた。

「シャーリー?」

「はい、シャーリーですが。どなたでしょうか?」

「シャーリーよ」

ああ、クラブの人か。なにも悪いことはしていないのに、知らない番号から電話がかかってきたのでどぎまぎしてしまった。

「どちらのシャーリーですか?(Shirley who?)」

「ベルモリンよ」

チーズマニアのベルモリンおばさんか。そういえば、いつもよりハイトーンで早口だったのですぐにはわからなかったけど、彼女特有の濃いクリーム色の声だ。私が数日間工場に来ていないので、心配して電話してくれたらしい。

「私、クビになったんです」

「どういうこと?」

英語でなにかを説明するときは、直接会って話すより電話で話すほうがずっと難しいということを知った。前日飲んだビールのせいで、まだ頭がぼうっとしているからかもしれない。私はしどろもどろになりながら、マスターから聞かされた話をベルモリンおばさんに説明した。

「そんなことがあったの。もうすぐランチブレイクが終わるから、またあとでね」

心配で電話したと言っていたわりには、おばさんは急いで電話を切ってしまった。どうしてだろう？　昼休みならまだ二十分もあるのに。

電話の声で目を覚ましたピーターが、二段ベッドから降りてきた。Sとピーターは、それぞれどちらの国のやり方で酔い覚ましをするか言い合っていた。Sはエスプレッソを飲むべきだと主張し、ピーターはピザを食べるべきだと言い張り、私は韓国食材スーパーでラーメンを買ってこようと言った。三つ巴《どもえ》の戦いの最中、ピーターがリンダから届いたメッセージを見せてくれた。ドーラとハンバーガーを食べにいくらしい。なるほど、名案だ。徒歩圏内にハンバーガー屋がある家に泊まるのは久しぶりなので、そうすることにした。

〈ハングリージャックス〉でハンバーガーを食べていると、またベルモリンおばさんから電話がかかってきた。どうしたんだろう。昼休みはもう終わったはずなのに。ハンバーガーを置いて、騒がしい店内を出てから道端で電話に出た。頼んでいないのにSもついてきた。

「誤解があったみたい。また働いてもいいって」

ベルモリンおばさんが興奮気味に言った。急いで電話を切ったのはこのためだったのか。

事の経緯《いきさつ》を訊きにいったのだろう。少なからず驚いたけど、その言葉がさほど嬉しくなかった。こんなにあっさり？　ひょっとして、オーストラリア人が、それも古参従業員が抗議したから受け入れることにしたのだろうか。

「また働いてもいいって？」

ベルモリンおばさんの言葉を繰り返しながら、Sの顔を見た。Sはなにも言わなかった。口でも、表情でも。

「いいえ、戻りません。訊いてくださってありがとうございます」

「あら、戻ってきても責める人なんていないわ。もう大丈夫よ」

「いいえ、そうじゃなくて。私はワーホリメーカーですから。ワーキングはもう充分経験したし、これからはホリデーを楽しみたいんです。自分の意思で辞めたわけじゃないけど、こうなったからにはとことん遊ぼうと思って」

ベルモリンおばさんはやや混乱しながらも、わかったと、クラブで会おうと言ってくれた。もちろん、私のために心を砕いてくれたベルモリンおばさんには感謝の言葉を伝えた。

「どういたしまして（No worries）」

オーストラリアの人たちがユア・ウェルカムの代わりに使うこの言葉を、私は初めて理解した。心配することなんてなにもない。だから、大丈夫。

ハンバーガーを食べて、バスでシェアハウスに戻ってきた。Sともっと一緒にいたかったけど、羽目を外しすぎるのはよくないと思った。早く家に帰ってシャワーを浴びたかった。もうすぐ出ていくのだし家というにはなんだかしっくりこないけど、とにかく家は家だから。

退勤時間になると、シェアメイトが続々と帰宅した。わざわざ挨拶するつもりはなかったけど、ドアが開いていたのでなにげなく目をやった。マスターはまだ戻っていないようだ。ルームメイトが部屋にドタバタと駆け込んできて、聞いて、ビッグニュース！と叫んだ。

「うちのマスター、工場クビになるかもしれないって」

「えっ？　本当？」

なるべく平然を装おうとしたけど、そんなニュースを聞かされたらさすがに冷静ではいられない。

ルームメイトは、昼休みにあった出来事について説明してくれた。包装パートで働いているあるおばさん（ベルモリンおばさんのことだろう）が、マスターを訪ねていってシャーリーにこんな話を聞いたのだけど本当かと問いつめ、そのまま工場長のところまでつれていき、三者面談をしたのだという。蓋を開けてみると、こんなふうにクビにされた韓国人従業員は、私が初めてではないようだ。就職を斡旋《あっせん》しておいて、自分の思いどおりにならなければ工場のせいにして辞めさせる。それがマスターの手口だった。そこまで英語ができない従業員は、マスターの言葉を鵜呑みにしたり、釈然としないながらも工場に抗議する度胸がなくてそのまま泣き寝入りし無断欠勤となる。そして、そんな内情を知る由もない工場は、職務怠慢を理由に従業員を解雇してきたのだ。それが今回、ベルモリンおばさんによって暴かれたというわけだ。

もう一度掛け合ってみると、いかにも残念そうな顔で言っていたマスターの表情が目に浮かぶ。あきれてものが言えなかった。

「あんたさ、戻ってきてもいいって言われたのに断ったんだってね。ぜんぶ知ってたの？」

「ううん。知らなかった」

突然、涙がぼろぼろとこぼれた。マスターにそこまで恨まれるほど、自分は悪いことをしたのだろうか。ルームメイトは、なぐさめることもなだめることもなく、ただはなをかむティッシュを私に手渡してから部屋のドアを閉めた。

「私が思うに、自分だけのスリーストライクがあったのよ。あんた、団体行動しないでしょ。この前の花火祭りもそうだったし、グレート・オーシャン・ロードにも行かなかった。もう一つはわかんないや。そんなときに体調を崩したもんだから、しめたと思ったんでしょうね」

ルームメイトは、マスターが私を嫌っている理由について、私よりもたくさん考えたようだ。それは、マスターが私を嫌っているということに前から気づいていたということでもある。それなのに、どうしてなにもしてくれなかったの？　憎らしくもなったけど、よくよく考えてみると、彼女がなにをどうこうできる状況ではなかったのでそんな気持ちもすぐに消え失せた。むしろ、ほんの一瞬でも憎んだことが恥ずかしくなった。

「わかったかも、もう一つの理由。グレート・オーシャン・ロードに行くのを断ったら、マスターに呼び出されてシェアメイトたちともっと仲良くしろって言われたの」

自分で言いながらも、あきれ返ってしまう。たったそれだけの理由で家から追い出そうとするなんて。どうすればそんな悪意を持てるのか、ちっとも理解できない。

「それだね、きっと。私が思うに、四人部屋の子たちはあんたを嫌ってるから。マスターはその子たちの顔色をうかがってるんだよ」

「どういうこと？」

「まったく、勘違いもいいところよ。四人部屋のメンバーに取り入ろうとしてるんでしょ。あの子たちおしゃれだしいつもグループで行動してるから。スクールカーストでいう〝一軍女子〟みたいな？　でもさ、知ってる？　四人部屋のメンバーはマスターのことものすごく見下してんの。この前こそこそ言ってた。マスターはダサくて陰気な〝最下層〟だって。みっともないよね。中高生じゃあるまいし、格付けごっこみたいなことしてさ。陰口叩くのが精一杯でマスターの前ではびびってなにも言えないくせに」

ルームメイト曰く、四人部屋のメンバーが私を嫌うのは嫉妬《しっと》心からなのだとか。自分たちは裏で嘲笑ったり憎まれ口を叩きはしても大人しく従っているのに、片や私は空気も読まずマスターに逆らってばかりなので癪《しゃく》に障るのだと。

「長いシェア生活で変わったマスターはたくさん見てきたけど、ここがいちばんヤバいかも。私も近々出ていくつもり」

明かりを消してそれぞれのベッドに横になってから、ルームメイトはそう言った。そうか。この家から出ていっても未練なんてないと思っていたけど、ルームメイトにはもう会えないのか。甘酸っぱくて果汁がぎっしりつまった、彼女のライム色の声が恋しくなりそうだ。

「ところで、昨日のことは話してくれないの？」

暗闇のなかで訊かれた。私は、Sとナイトマーケットに行ってきたことを手短に話した。Sを好きなことに気づいたという話まではしなかった。それでもルームメイトは舌を鳴らした。

「へぇ、なかなかやり手のようね。すっかりハマっちゃったわけか、シャーリーちゃん」

そんなんじゃないと言いたくても、ごまかせそうにない。

なかなか寝つけず、目を開けたまま横になっていると、玄関のドアが開く音がした。マスターが帰ってきたようだ。ひとこと言ってやろうかと一瞬思ったけど、なにも思い浮かばなかった。

頭のなかはSのことでいっぱいだった。

SIDE B

Track 07

昔の日記帳を読み返してみると、私ってなんでも二つに分けて話すのが好きだったみたい。この世には、二つに分けられるものと分けられないもの、この二つがあります……こんなふうに。ほら、アリストテレスみたいにさ。アリストテレスは『西洋哲学史』の第一章に出てくる人物の一人で、二元論、つまり二つに区分する考え方の元祖ってわけ。それはそうと、アリストテレスって、英語の発音だとアリスタートルになるんだってね？　それを訳したら、アリスカメになっちゃう。おっと、いけない。また話が横道にそれちゃった。

将来、もし私が偉人になって自叙伝とか箴言《しんげん》集を出す機会があったら、いちばんはじめの章にこう書くつもり。この世は、二つに分けられるものと分けられないもの、この二つでできているって。物事や概念を二つに分けると、対をなすもの同士並べたり、比較したりできるでしょ？　対極にあったり、似通っていたり。ほらね、今も二つずつ話してる。二つに区分できるっていう話のあとには、このことも書かなきゃ。「人を圧倒するには、つねに二つを用意しなければならない。スケールとディテール」。

本当にそう思うんだ。人は、とてつもなく大きいものや恐ろしく繊細なものに畏怖《いふ》の念を抱くから。いちばん効果的なのは、単純な情報のなかに二つの要素を入れること。

どんなにあなたに会いたかったか、私はキロメートル単位で換算できる。当然、それは私の心のスケールとディテールを正確に表現できる方法じゃないけど、公平を期すなら、そもそもそれは正確に表現するのが不可能な情報だから。言わばヒントに近いのかも。ほかの人には決して正確に伝えられない気持ちを、感覚を、測定できる単位に委ねるの。それだけで人は圧倒されちゃうから。圧倒的な数字以上に、その裏にはとてつもなく大きな気持ちがあるんだなって、だれでも想像できるでしょ？


土曜日、クラブの人たちと王立植物園に行った。ベルモリンおばさんが車で迎えにきてくれた。道中、車のなかでおばさんとたくさん話をした。おばさんは、私が工場には戻らないと言ったことが最後まで理解できない様子だったけど、オーストラリアで楽しい思い出をたくさん作ってほしいと言ってくれた。そして、シャーリー・クラブがいつもそばにいるということを忘れないでほしいと。その言葉に、鼻の奥がツンとした。ベルモリンおばさんが工場で私のために抗議してくれたのは、シャーリー・クラブをそれほど愛しているからだ。私はたまたま英語のニックネームをシャーリーとつけただけなのに、長年積み立てられた銀行の利子のようなその厚い愛情を、ただでもらっているようなものだ。そう考えると、私もクラブのために一役買いたいという気持ちになった。それでも、工場でまた働きたいという気には少しもなれなかった。

湖を見渡せるバラの植わったガゼボで、ハマンドおばあさんが自作の詩を朗読した。シャーリー・クラブのために作った賛歌のようなものだ。英語の詩なので、意味はわかるが感動するほどではなかった。集中して聞いていたらちょっとは違っていたかもしれない。実のところ、私の全神経は別のところへ向けられていたのだ。ベルモリンおばさんには申し訳ないけど、車のなかでも半ば心ここにあらずの状態だった。ナイトマーケットに行ってお酒を飲んで別れて以来、Sから連絡がなかった。

待ちきれなくなって、こちらから何通かメッセージを送ったりもした。それでも返事はなかった。おかしい。一晩を共にしたあと、突然音信不通になって姿をくらます人がいるという話は聞いたことがあるけど、それはセックスをしたときの話じゃないのか。いくら恋愛に疎い私でも、それくらいはわかる。私たちはオフィシャルにはそういう関係ではないし、セックスはおろか、キスさえしたことないのに。ただ急に私のことが嫌いになって、ウザくなって、連絡が途絶えたのだろうか。でも、それなら、一言でも返事をよこすのがマナーというものだろう。私の知るSは、どんなに嫌いな相手にもそれくらいの礼儀はわきまえている人だ。でも、もし、礼儀なんてどうでもよくなるほど相手のことが嫌いだったら？　私がSにとってそんな人間だったら？　さすがに一晩で嫌われることはないだろうとは思ったけど、現にSから連絡がないので不安は募る一方だった。

Sを知ってから、Sと一言も話さなかった日はない。挙げ句にはSが恨めしくなった。退屈する暇もないくらい毎日私の相手をしてくれたのに突然連絡を絶つなんて、いったいどういうつもりなのよ。

「リトルシャーリー、泣いてるの？」

ハマンドおばあさんが驚いたように尋ねた。実に、三篇の詩を朗読したあとだった。

「んまあ、本当に泣いてるわ」

「詩がそんなに感動的だった？」

おばあさんたちは、我先にとハンカチを持って近づいてきた。手の甲で涙を適当に拭《ぬぐ》ったけど、鼻水はどうしようもない。

「いいから、はなもかみなさいな」

隣にいたマルティイズおばあさんが、自分のハンカチを私の手に握らせた。赤いチェック柄のハンカチに金糸でS．M．というイニシャルの刺繍が施されている。

「ごめんなさい。洗ってお返しします」

「いいのよ。こんなハンカチ、家に百枚はあるから。あなたにあげる」

S．M．という刺繍が入ったハンカチが百枚もあって、そのうち一枚を私が持っていると思うと、なんだか笑えてきた。

「リトルシャーリーはね、最近工場から理不尽に追い出されたのよ。そのせいかしら」

ベルモリンおばさんが腹立たしげに言った。誤解が生じる前に説明しなければ。

「そうじゃないんです。実は……」

クラブのメンバーに、これまでの一部始終を打ち明けた。不本意に工場を辞めることになったことは、ベルモリンおばさんが解決してくれたので平気だという話もつけ加えた。バラのガゼボに座っているおばあさんたちのうち、ほとんどはパレードの打ち上げ会場だったスポーツパブ、またはモートンおばあさんのガレージセールでSを見ているので説明は難しくなかった。

「いい人そうだったわ。突然連絡がつかなくなったのなら、きっとなにか事情があるのよ」

ハマンドおばあさんが真剣な表情で言った。私もそんな気がしていた。ただ、だれもきっとそうだと言ってくれなかったので、踏ん切りがつかなかっただけ。おばあさんに励まされてまた勇気が出た。そうだ。Sはこんなふうに、一方的に連絡を絶つような人間じゃない。きっとなにか事情があるはず。Sが私にまだ話していない、私のあずかり知らない、なにかが。

ひょっとして、事故に遭って記憶を失っていたり、重症だったりしたらどうしよう？　犯罪に巻き込まれて、拉致《らち》、脅迫、拷問……いや、それ以上のひどい目に遭っていたら？　ようやく止まった涙が、またこぼれそうになる。

「リトルシャーリー！　なにを想像しているかはわかるけど、そんなこと考えちゃだめよ。私たちで調べてみましょう」

ハマンドおばあさんが高らかに言った。威厳のあるその声に、涙がぴたりと止まった。

「ありがたいんですが……」

迷惑をかけるわけにはいきません、って英語でなんて言うんだろう？

「みなさんには、もう充分すぎるほどよくしてもらっています」

私は、迷惑という単語をあきらめて、〝トゥーマッチ〟を強調して言った。ハマンドおばあさんは静かに首を振った。

「うちのクラブのモットーは？」

「面白いこと、おいしいもの、友だち！」

おばあさんたちは、口を揃えてFun, Food, Friendと叫んだ。

「そのなかでいちばん大切なものは？」

「友だち！」

また声が一つになった。ハマンドおばあさんは微笑んだ。

「聞いたでしょう？　シャーリー・クラブにシャーリーより大事なものなんてないのよ。私たちはみんなシャーリーで、シャーリーをなによりも大切にしているから。負担に思わないでちょうだい。私たちが手伝ってあげる。シャーリーを助けることが、私たちを助けることなのよ」

たまらなく不安だったけど、ハマンドおばあさんの感動的なスピーチでまたしても目頭が熱くなった。マルテイズおばあさんにもらったハンカチを折り畳んで涙を拭《ふ》いた。今しがたはなをかんだハンカチだ。両隣に座ったおばあさんが、やさしく背中をさすってくれた。こうやって泣いてばかりいたら、S.M.ハンカチが百枚あっても足りやしない。動かなきゃ。泣いている時間なんてない。

◆◆◆◆◆

月曜日、ドーラが働いている〈ハングリージャックス〉に向かった。日曜日に一緒にピザを食べたこともあるし、先週の水曜日の夜と木曜日の昼も一緒にいたので、月曜日は働いているような気がしたのだ。その考えはおおよそ的中していた。月曜日にドーラに会えなければ、ドーラが出勤するまで毎日〈ハングリージャックス〉に入り浸るつもりだったのだけど、はじめから山が当たったのはラッキーだった。

「注文」

私に気づいているくせに、ドーラは冷ややかな声で言った。

「ピーターの電話番号を教えて」

「なんで？　注文しないなら邪魔だからどいて」

ケチ。お客もいないのに。

「ピーターに訊きたいことがあるの。Sの居場所が知りたくて」

一瞬、ドーラの美しい両の眉がぴくりと動いた。

「あんたが知ってどうするのよ」

「知ってるの？　Sがどこに行ったか」

「さあ」

ドーラはわざと音を立てながらレジを叩いた。機械音が鳴るだけで、なにも出てこない。

「だからピーターに訊くつもり。電話番号教えて。お願い」

「なんで私が教えなきゃなんないのよ」

「Sのこと好きなんでしょ」

ドーラは、目を丸く見開いて私を見た。しまった。一瞬そう思ったけど、顔には出さなかった。ドーラが露骨にけんか腰なので腹も立つし悔しさが込み上げてきた。ここであきらめたら負けだと思い、勢いに任せて言ってしまったのだ。ドーラは私をじっとにらんでから、また澄まし顔で言った。

「自分だって好きなくせに。私が好きだからって、なんであんたに協力しなきゃいけないわけ?」

「Sについて教えてほしいわけじゃない。ピーターと連絡を取らせてくれたら、自分で探すから。お願い」

プリーズ。プリーズ。プリーズ。懇願するように、縋《すが》るように何度頼んでもだめだった。

「どうせ、ピーターとリンダは今メルボルンにいないわ」

ドーラはそう言いながら、ようやく笑った。早押しクイズの決勝戦で、私よりも先に解答ボタンを押したかのような、勝ち誇った笑みだった。

「それがわかれば充分よ」

ドーラの顔が一瞬にして歪《ゆが》んだ。一人で見るにはもったいない表情だ。

「どういうこと？」

「わからない？ 協力してくれたら私は心からあなたに感謝しただろうに、せっかくの機会をふいにしたってこと。自らチャンスを棒に振ったのよ」

「ふざけるのもいい加減にしなさいよ、この……中国人のガキが」

ドーラは歯を食いしばった。白い顔を、〈ジョアンナ〉のホットソースのように真っ赤にしながら。もはや怒りすら感じない。頭のてっぺんまで怒りが込み上げていたからなのか、ドーラの言葉が幼稚すぎて相手にするのもばからしいと思ったからなのか、理由はわからない。無視して帰ろうか。それでも、ひとこと言ってやらないと夜眠れなくなりそうだったので最後に吐き捨てた。

「Sがどうしてあなたを好きにならないかわかった。この人種差別主義者（You racist）」

「なんですって？」

ドーラはカウンターを思い切り叩きつけた。キッチンとつながっているスピーカーから、トラブルかと尋ねる声が聞こえてくる。私は振り向きもせずに、〈ハングリージャックス〉

を後にした。しばらく早足で歩いたのは、ドーラが追いかけてくるかもしれないと恐れをなしていたわけではなく（それも完全にないとは言い切れないけど）、時間がなかったからだ。一刻も早くメルボルンを発たなければ。

ピーターとリンダの行方は、日曜日の午前からわかっていた。ビクトリア支部でいちばんコンピューターの扱いに慣れているというシャーリー・アーケインおばあさんが、SのフェイスブックのアカウントをSのアカウントを探してくれたのだ。どうもSはアカウントだけ作っておいて活動はしていないようだけど、最近友だちがアップロードした写真にSのアカウントがタグ付けされていたという。アーケインおばあさんから届いたメールには、ピーターのフェイスブックのURLと、ピーターがアップロードした写真をスクリーンショットで保存したファイルが添付されていた。Sがこの前運転してきたハト色のフォードのワゴン車。その荷室に、旅行用品がたくさん積まれている写真だった。そこにSとリンダがタグ付けされていた。〝いざウルルへ!!!（HEADING TO ULURU!!!）〟写真に添えられたコメントには、びっくりマークが三千個くらい並んでいる。

さっそくフェイスブックのアカウントを作成したはいいが、メッセージは〝友達〟でないと送れないらしい。ピーターが写真を載せたのは土曜日の夜で、月曜日になっても友達リクエストは承認されなかった。矢も盾もたまらずドーラを訪ねていったものの、はなから有益な情報を得られるかもしれないと期待していたわけではない。ピーターとリンダがSと一緒にメルボルンを発った。それだけ確認できれば充分だった。直接電話で話せたならもっとよかったのだけど。

シェアハウスに戻るバスのなかで、アーケインおばあさんに返事を送った。教えてくれてありがとうございます。私は近々メルボルンを発ちます。引き続き連絡しますね。ハマンドおばあさんもメールを読めるように、ccの宛先に彼女のアドレスを加えておいた。

久しぶりに航空便検索アプリを立ち上げて、ウルル行きのいちばん早い便を探した。メルボルンからエアーズロック空港までの直行便は朝九時発の一便のみで、飛行時間は三時間くらいだった。ピーター、リンダ、Sの三人は、おそらく土曜日の夜か日曜日の早朝に車でメルボルンを出発したと思われる。ということは、火曜日の午前便に乗れば追いつける。三人が休みなく車を走らせて交代で運転しているならもうウルルに着いているだろうけど、三十時間近くぶっ通しで運転してようやく到着した世界的な名所を、たったの二十分しか観光しないとは考えにくい。少なくとも一日か二日は、その近辺で過ごすはず。それならきっと追いつける。

バスを降りる直前、飛行機のチケットの購入ボタンをタップした。チーズ工場の給料に換算すれば三十時間、つまり、ほぼ四日分の日給が口座から一気に引き落とされた。なぜか胸が張り裂けそうな、頭からなにかがあふれ出てきそうな気分だった。バスの停留所からシェアハウスまで走って帰った。

キャリーケースの埃《ほこり》を適当に払って、荷物を無造作につめ込んだ。キャリーケースが閉まらないので、上に座ったり踏みつけたりしていると、シェアメイトたちが帰ってきた。一足飛びで玄関までたどり着き、マスターを呼び止めた。ベルモリンおばさんの告発がきっかけで悪事を暴かれて以来、マスターは私を避けていた。目が合った途端、また逃げようとしたので、私は彼女の手首をつかんだ。マスターはハトが豆鉄砲を食ったような顔をしていた。

「私、明日出ていきます」

四人部屋のメンバーは横目でこちらを見ると部屋に入っていった。マスターと私とルームメイト、三人だけが玄関に残った。

「そう……それで?」

「保証金(deposit)を返してください」

保証金はひと月分の部屋代だった。本来は、一か月前から二週間前には出ていくことを告げて、翌月の部屋代は保証金で払うというのが一般的だ。ワーキングホリデーの情報サイトを通じてそのことは知っていた。でも、私には時間がない。マスターは目を泳がせると不自然に眉根を寄せて言った。

「いくら出ていくように言われたからって、こんなに急に、それに一方的に決められても困るわよ。次に入ってくる人も決まってないのに。部屋代が入らないとこっちもやっていけないのよ」

「じゃあ、どうなるんですか？」

「次の入居者が決まるまでは保証金から差し引かせてもらうわ。入居者が決まったら残金を送ってあげる」

「それっていつですか？」

マスターの手首を握っていた手から力が抜けた。マスターは質問には答えず目を逸らした。

「追い出すだけじゃ飽き足らず、お金まで取り上げるつもりですか」

じっと聞いていたルームメイトが割り込んだ。

「海外では同胞にいちばん気をつけろって言うけど、まさにこのことね。なんの理由もなしにこの子が出ていくって言ったなら問題だけど、先に出ていけって言ったのはマスターですよね。追い出したいけど保証金は返せない？　ちょっとひどくないですか」

「あんたは黙ってて」

ぎゅっと目をつむり両手でこめかみを押さえながら、マスターは怒気を含んだ声で言い返した。

「黙ってなんかいられないわ。私も出ていきます」

「あんた……」

「今すぐこの子に保証金を返してください。お金なら手元にたくさんあるんでしょ？　私も再来週に出ていくから、二週間分の部屋代お願いしますね」

マスターはルームメイトをにらみつけると、自分の部屋へ駆け込んでいった。ルームメイトと私も部屋に戻った。二人でキャリーケースを閉じようと悪戦苦闘していると、マスターが部屋にどかどかと入り込んできて、封筒を二つ投げつけた。

「ほら、お金。二人とも今すぐ出ていきなさい。お願いだから。これ以上迷惑かけられちゃ、たまらないわ」

「いやです。どうしてですか」

「マスターの言うことが聞けないの？　口答えしないで」

マスターは怒り心頭に発して、鼻息を荒くして言い放った。ルームメイトは鼻で笑った。

「マスター？　聞いてあきれるわ。この家をレントに出したオーナーは、ここがシェアハウスに使われてるって知ってるのかしら？」

マスターは押し黙った。

「二週間後におとなしく出ていってあげるから、これ以上刺激しないで。この子も、私も」

マスターは私たちをにらみつけると、ドアを乱暴に閉めて部屋を出ていった。

どうやってもキャリーケースが閉まらなかったのは、バックパックに入っていた荷物まで無理につめ込んだせいだった。ルームメイトと一緒に、バックパックに入れる荷物と、キャリーケースに入れる荷物を分けて、服をきちんと畳んでからもう一度キャリーケースを閉じてみると、嘘のようにファスナーが滑らかに動いた。無事荷造りを終えたあと、順番にシャワーを浴び、ベッドに横になってルームメイトと話した。

「ねえ、さっきのどういう意味？」

「なにが？」

「家のオーナーが別にいるって」

「ああ、大したことじゃないよ。レントっていうのは、韓国でいう賃貸《チョンセ》のようなものでね。家を借りた人が、又貸しして家賃をもらうのがシェアハウスってわけ。自分の建物をシェアハウスとして運営する人もいるけど、ほとんどはレント物件でシェアハウスをするの。お金を貯めるために」

「それって違法なの？」

「違法かどうかはわかんないけど、家のオーナーはいやがるでしょうね。不特定多数の人が出入りしたら家が傷むのも早いから」

もうすぐ出ていくとはいえ、実のところ、かなり不安定な住まいだったのかもしれない。マスターに対する考え方も若干変わった。一人で、しかも外国で家を持つまでさぞかし苦労したのだろうと思っていたけど、実は持ち家じゃなかったなんて。忌々《いまいま》しいと思うと同時に、複雑な思いが込み上げてくる。

「私も早くお金を貯めてシェアハウスをやろうと思ってるんだ。いくつか運営しながらこっちで大学に行くつもり。ベーキングか看護かまだ迷ってるんだけどね。向いてるのはベーキングのほうだけど、永住権をとるには今のところ看護系が有利らしくて」

姿勢を変えて、ルームメイトのベッドのほうに向き直った。窓から差し込む月明かりが、ルームメイトの横顔を照らしている。ルームメイトは天井に片手を伸ばしたまま、その手を見つめて話していた。だからか、私にではなく、自分自身に話しかけているように見えた。私の視線に気づいたのか、ルームメイトもこっちに寝返った。

「それより、いったいどういうことよ？　急に出ていくなんて。マスターへの仕返し？　さっきは味方したけど、あんた、それルール違反だからね。本当はだめだよ」

「うん。わかってる」

私は、突然いなくなったSと、ピーターのフェイスブックの投稿、ウルル行きの飛行機を予約したことをルームメイトに説明した。

「あんたもほんと……」

「ほんと、なに？」

「どうかしてるよね」

「違うもん」

「違わないって」

「二度と会えなかったら、そのときは本当にどうにかなっちゃうかも」

ルームメイトの微かな笑い声が響いた。

「今の発言はたしかにヤバいわ」

「まだ大丈夫」

◆ ◆ ◆ ◆ ◆

シェアメイトたちが出勤の支度を始める頃、私も起きた。仕事に行くルームメイトに別れの挨拶をしてから家を出て、シティ行きのバスに乗り込んだ。最後になるかもしれないメルボルンの風景も、まったく目に入ってこなかった。サザンクロス駅で空港行きのリムジンに乗り換えた。バスの窓枠に肘をついて目を閉じてみたけど、眠れなかった。空港に着いたのは七時半。チェックインをしてキャリーケースを預け、トイレに行った。母に電話をかけ、これからほかの都市へ移動すると手短に連絡したあと、国内線の待合室に入った。搭乗ゲートの前の椅子に座って、シャーリー・クラブのおばあさんたちにメールを書いた。

シャーリー・ハマンドおばあさん（このメールの内容をほかのシャーリーにも伝えていただけますか）、私は今、空港にいます。メルボルンを離れてウルルに行くつもりです。もうご存じかと思いますが、私の探している人がそこに行ったようです。シャーリーたちのおかげで勇気を出せました。ありがとうございます。私がどれほど感謝しているか、この短いメールでは伝えきれません。いつかまた必ずお会いしましょう。

もう少し長いメールだったけど、要はこんな内容だ。すぐに返事が届いた。

リトルシャーリー、あなたのメールをメルボルンに住むシャーリー・クラブ・ビクトリア支部の全会員に転送しました。ちなみに、シャーリー・クラブはビクトリア支部にだけあるのではありません。少人数だけど、これからリトルシャーリーが行こうとしているノーザンテリトリー準州にもシャーリー・クラブの会員がいます。これから各都市のシャーリーたちに、どうすればリトルシャーリーの力になれるか相談してみるつもりです。忘れないで。この大陸にいるかぎり、シャーリーのそばにはいつもシャーリー・クラブがついているということを。

ハマンドおばあさんにメールを書きながらなぜか泣きそうになって必死でこらえていたけど、おばあさんからの返事を読んで、ついに涙があふれだした。少し泣いてから、マルテイズおばあさんにもらったハンカチで涙を拭いた。もうすぐ搭乗時間だ。

携帯電話の電源を切り、ポケットに入れてから立ち上がると、電動カートを運転している空港スタッフと目が合った。カートを運転しているのは、サイドの白髪を刈り上げ、茶色の髪が残っている上の部分を伸ばしたツーブロックのおばあさんだった。彼女は私に親指を立てながら、とてもゆっくりと通り過ぎていった。言われなくてもわかる。あの人の名前もきっとシャーリーだ。

シャーリー・クラブがいつもそばについているというハマンドおばあさんの言葉は、冗談でも社交辞令でもなかった。

Track 08

ねえ、覚えてる？　私たちが一緒に観た映画（今だから言えるけど、実は昔一度観たやつだったの）。その監督が作った別の映画に、こんな台詞《せりふ》が出てくるんだ。

「ぼくの名前はドニー・スミス。ぼくはたくさんの愛をあげられる（My name is Donnie Smith, and I have lots of love to give）」

青少年向けの映画じゃなかったけど、それはもう時効ってことで。もしなにか言われても、お父さんのせいにすればいいもんね。観覧年齢制限のある映画を私にいちばんたくさん観せたのは、今のところお父さんだから。

この台詞とともに、決まって思い出す映画があるんだ。報われない恋の末にすべてを失った主人公が、失意に暮れてテレビを見ていたんだけど、そのとき画面に映っていたアイドルグループに一目惚れしちゃうの。主人公は、これまでの自分の人生を原稿用紙いっぱいにつづったファンレターを送るんだけどね。それは、「あなたを好きになった私は、こういう人間です」って、相手に知らせたかったから。多分、ああ、そうなんですね、あなたはそういう人なんですねって、単に受け止めてほしかったんだと思う。でもね、主人公は四十を超えていて、ふつうの四十代の人よりも（ふつうはどうなんだって言われると困るんだけど）波瀾《はらん》万丈な人生を送ってきたから、ファンレターが自叙伝並みに分厚くなっちゃうわけ。主人公はそれをポストに無理矢理押し込もうとするんだけど、すんなり入るわけないよね。

たまに思い出すんだ。そのシーンを。息苦しくてたまらなかった。まるでその原稿の束を、ポストの投函口《とうかん》じゃなくて自分の口にねじ込まれてるみたいに、首と胸のあいだにずっしりとしたなにかがひっかかっている気がして。その映画もお父さんと一緒に観たんだけど、そのシーンでお父さんは笑ってた。それで思ったんだよね。ああ、自分は変なのかなって。なんであんなに息苦しかったんだろう。他人事とは思えなかったのかも。だって、まさに私がそんな人間だから。自分を、自分に関することはなにもかも、これまで自分がどうやって生きてきたかも、丸ごと相手に受け入れてほしいって無理矢理押しつけちゃうような。

でも、ちゃんとわかってたんだ。自分をそのままさらけ出そうとすればするほど、愛してもらえる可能性は低くなるということを。本当に愛されたかったらそうしちゃいけないっていう、学んだこともない事実を。だからかな、あんなに息苦しかったのは。

それでもやっぱり思っちゃう。頭のてっぺんからつま先まで、私のこんなばかみたいな考え方まで、一つ残らず愛してほしいって。
こんな私でも愛してくれる？

エアーズロック空港は想像以上に小さかった。バスターミナルかと思うくらいに。小さいので歩き回ることもなく預け手荷物をすぐに受け取れたのはよかったけど、そのあとは途方に暮れてしまった。ひとまず携帯電話の電源を入れて電波を拾うまでしばらく待った。母とルームメイトから、無事着いたのか、着いたら連絡するようにとメッセージが入っていた。シャーリー・クラブのおばあさんたちからも、旅の幸運を祈るというメールが何通も届いていた。ひょっとしたらと思ったけど、Sからはやはりなんの便りもない。

Sたちを探すにはどこに泊まればいいだろう。そんなことを考えながら宿を検索していると、電話がかかってきた。ハマンドおばあさんだ。

「今、どんな服着てる？」

「白いTシャツにデニムのショートパンツ（blue jeanshorts）です」

おかしな質問だなと思いながらも、律儀に答えた。

「今どこ？　具体的に教えてちょうだい」

「バス乗り場に向かっています」

狭いロビーは同じ飛行機から降りた人たちでごった返していた。外に出て話したほうがよさそうだ。ハマンドおばあさんが焦りのにじんだ声で言った。

「そこでちょっと待ってて」

電話が切れてしまった。ハマンドおばあさんは、メルボルンで出会ったシャーリーのなかでもいちばん礼儀正しい人だったので違和感が残った。そのとき、だれかが私の肩をぽんと叩いた。

「シャーリー？」

振り返ると、サングラスをかけた二人のおばあさんが立っていた。一人は"the shirley club"と書き殴ったオックスフォードノートを手に持って風船ガムを膨らませていて、もう一人は私の肩に手を置いたままだれかと電話で話している。

「ああ、見つけたわ。じゃあね」

私の肩に手を載せたおばあさんは、電話を切るとぶつぶつ文句を言った。

「みんな白いTシャツにデニムのショートパンツじゃない。そんな説明じゃ探せやしないわよ。キャリーケースの色とかそういうのを教えなさいっての。ったく」

風船ガムを噛んでいたおばあさんが私に握手を求めた。

「エミリー・ネルソンよ」

私は思わず手を握った。

「シャーリーです」

「こっちもシャーリーよ。シャーリー・ネルソン」

エミリーおばあさんが隣のおばあさんを指さしながら紹介した。シャーリー・ネルソンおばあさんは、軽く会釈をした。

「ウルルへようこそ」

おばあさんたちの車に乗って二十分ほど行くと、エアーズロック・リゾートタウンに出た。空港で少し検索してみたところ、ホステル、モーテル、ホテルが密集している観光宿泊団地のようだ。そこが目的地かと思いきや、さらに五分ほど行ったところで車は停まった。〝シスターズロッジ（Sister's Lodge）〟とペイントで書かれた木製の看板がかかった二階建ての家だった。ただの家にしてはやや大きく、宿にしてはやや小さい感じがしたけど、失礼だと思って口には出さなかった。なかに入ってみると、外から見たときよりも広く温かな雰囲気だった。

「小さいでしょ。そう思わない？（isn't it?）」

シャーリーおばあさんがサングラスを外しながら言った。

「とても素敵な家ですね」

ぎくりとすると同時に、否定疑問文にはノーかイェス、どちらで返せばいいのかこんがらがりながら、慌てて答えた。

「お嬢さん以外に宿泊客はいないから、ゆっくりくつろいでちょうだい」

エミリーおばあさんもサングラスを外した。二人のおばあさんは双子の姉妹だった。妙に親近感のわく風貌《ふうぼう》だ。そっくりな顔をいっぺんに見たからではなく、考えるだけなら失礼には当たらないなら言わせてもらうと、微妙に東洋風の雰囲気が漂う外見だったからだ。

「なによ、原住民の混血を見るのは初めて？」

シャーリーおばあさんがぶっきらぼうに言った。顔が熱くなる。やっぱりじろじろ見つめすぎたのがまずかったのかなと思いながらも、図星だったので余計に返す言葉がなかった。

「からかうのはおよしなさいな。さあ、部屋に行きましょう。こっちよ」

エミリーおばあさんが案内してくれたのは、二階の廊下の突き当たりの部屋だった。二段ベッドと移動式ハンガー、小さなテーブルがあり、黄緑のベッドカバーに緑のカーペット、カーキのカーテンという、統一感のある落ち着いた部屋だ。

「浴室は共用。トイレは二階と一階に一つずつ。部屋が小さくてごめんなさいね。でもこの部屋からはウルルがよく見えるのよ」

エミリーおばあさんの言ったとおり、大きな窓の向こうにはこぶし大の岩が見える。その光景を見ていると胸が波立った。ただSを探すためだけにここまで来たと思っていたけど、実は、これは旅行でもあるのだという考えがふと頭をよぎったからだ。ここでSに会えなかったとしても、この旅は決して無意味ではない。それは、かなりポジティブな気づきだったけど、首を横に振ってその考えを追い払った。〝Sに会えなかったら〟という仮定は、どんなにいい意味があろうと、私にとってはなんの慰めにもならない。

遅めの昼食をとって、おばあさんたちに自転車を借りた。日焼け止めを塗っていきなさいとエミリーおばあさんに言われたのに、居ても立ってても居られなくてそのまま出てきてしまった。なにせ時間がない。日が暮れる前に、エアーズロック・リゾートタウン内の宿を回りながら、こんな三人組がチェックインしませんでしたか?と聞き込みをするつもりだった。

最初に入った宿ではなんと尋ねればいいのかわからなくて苦戦したけど、少しずつ要領がつかめてきたのか、次からはわりとスムーズだった。反応はさまざまだった。そもそも、宿泊客のことなんていちいち覚えていないし、覚えていたとしても客の個人情報を赤の他人に教えるわけにはいかないと取り合ってくれないところもあれば、そういう一行を見たことはないが見つけたら連絡してやるというところ、調べてやるからこっちの宿に移ってこいと勧誘するところまで。宿のフロント巡りを終えたあとは、キャンプツアー商品を販売する旅行会社を回った。当日出発のツアーに申し込んでいる可能性もあるからだ。

結論から言うと、ピーターとリンダ、Sを見かけたという人はいなかった。おかしい。日曜日の早朝に出発したなら、そして三人が交代で休みなく運転しているなら、遅くとも月曜日の夜には到着しているはずなのに。そうじゃなければいけないのに。

日暮れ頃、シスターズロッジに戻った。半日ずっと自転車をこいでいたので、お尻が痛くて太ももがじんじんした。急に気温が下がったせいで手足には露が降りそうだった。そうでなくても、エミリーおばあさんの忠告を聞かずに日焼け止めも塗らなかったので、全身が日差しと熱風で真っ赤に日焼けしていた。そこへ一気に冷え込んだので、肌を〝えぐる〟ような寒さとはこういうものかと、身をもって実感したのだった。顔を真っ赤にして歯をがちがちと震わせながら帰ってきた私を見て、シャーリーおばあさんが舌を鳴らした。

「苦労した甲斐《かい》はあった？」

私はうなずいた。おばあさんはそれ以上からかわず、アロエの軟膏と毛布を出してくれた。

実はそんなに複雑じゃないんだよね、私がお母さんよりもお父さんを好きな理由。お父さんは私が泣いたら焦っておろおろするけど、お母さんは私が泣こうが喚《わめ》こうが顔色ひとつ変えない。それだけ。いろいろ考えてみたけど、結論は至ってシンプルだった。

今は、お父さんが好きっていうか、お父さんとの思い出が好きっていう感じなんだけど、昔はお父さんが好きすぎて、お母さんのことライバルって思ってたくらい。

つまりお母さんは、私が泣いても絶対に甘やかしてくれない、私と同じ人を好きになった、私のライバルってこと。親でも保護者でもない、友だちみたいな感覚に近いかな。こう言うと、とんだ生意気な娘だって思うでしょ？　でも、これは私じゃなくてお母さんのせいなんだよ。私がはじめからお母さんをなめてたんじゃなくて、お母さんが大人げないだけ。まったく、どっちが子どもなんだか。

だから、しょっちゅうけんかしてた。十四歳のときだったかな。一か月くらい口もきかなかったこともあるし。おばあちゃんが言ってたっけ。お母さんも私も似たもの同士だからけんかするんだって。だれに似たのか、二人とも手に負えないほどの意地っ張りだってさ。お母さんも、自分の頑固なところはおばあちゃん譲りだって言ってた。でもさ、そういう自分だって、わりと若いときに憧れの歌手と結婚して子どもを産んだんだから、親より頑固だと思わない？　それくらいのことは充分わかる歳だったから、どうも腑《ふ》に落ちなかったんだよね。

それで余計にうんざりしちゃって。お母さんは私と同じ歳の頃に散々遊んでたくせに、私にはなんでもだめだの一点張りなんだもん。オーストラリアに行こうとしたときだって、どんなに邪魔されたか。考え直せだとか、あんたがいないあいだに死んで一生後悔させてやるとか。信じられないでしょ？　それ、娘に言うこと？

そういうお母さんは、今の私くらいの歳のときは恋愛にうつつを抜かして、私よりももっと聞き分けのない娘だったくせに。私を妊娠したときも、今の私の歳とそんなに変わらなかったんだし。なにもお母さんみたいに今すぐ結婚するって言ってるわけでも、妊娠したわけでもないじゃない。私がやりたいことを阻止するのがお母さんの人生の目標なの？

まあ……そう言ったところで簡単に折れるような人じゃないんだけどね。でも少なくとも、ワーキングホリデーに行くのは邪魔されなかった。聞こえよがしに、冷たい娘だとか、自分は不幸者だとか、ドラマの台詞みたいなことも言ってたけど、なんだかんだ仁川空港《インチョン》まで見送りに来てくれたし。まあ、それでよしということで。

きっとお母さんはものすごくあきれるだろうな。私がなんの躊躇《ためら》いもなくウルル行きの飛行機に乗った理由を知ったら。ううん、お母さんはわかってくれなきゃ。この世でだれ一人として理解してくれなくても、お母さんだけは絶対に。私にとってお母さんはそういう人だから。世界でいちばん好きな人ではないけど、唯一の方法で信じられる人。

私ととてもよく似た色の声を持つ人。


目を覚ますなり、前日と同じように自転車でリゾートタウンを一周した。その日も収穫はなかった。人を探しているという話はすでにしておいたので、手早く済ませられるだろうと思っていた。ところがどっこい、余計に時間がかかってしまった。太ももとお尻がひどい筋肉痛で、自転車を思い切りこげなかったのだ。帰り道はまさに地獄だった。リゾートタウンのほかの宿には必ずと言っていいほどプールがついているのに、シスターズロッジにはないという事実がなんとも恨めしかった。

朝食も食べずに出かけ、昼食の時間になってから意気消沈として帰ってきた私に、おばあさんたちは手作りのシャーベットを出してくれた。食欲がないと言いたかったけど、昼には太陽が真上に昇り、炎天下にさらされて滝のように汗をかいたので断れなかった。エミリーおばあさんが、大きなバスタオルを濡らして私の太ももにかけてくれた。プールがないと内心文句を言ったことが申し訳なかった。

シスターズロッジのおばあさんたちは、メルボルンのシャーリーたちよりもずっと寡黙《かもく》だった。シャーベットを食べ終わる頃、ようやくエミリーおばあさんに声をかけられた。

「私たち、見分けがつかないでしょう?」

「話すとわかります」

つまり正確には、話すのを聞けば、それがエミリーおばあさんなのかシャーリーおばあさんなのかわかるという意味だ。

「ふん、荒っぽいほうがシャーリーってことでしょ」

シャーリーおばあさんが、聞かなくてもわかるとでもいうように唇を尖《とが》らせた。

「いいえ、シャーリーおばあさんはサボテンの花みたいな濃いピンク、エミリーおばあさんはそこに黄色を気持ち加えたような紅色なんです。声が」

二人は目配せを交わすと、大笑いした。

「なに言ってるんだか」

「でも、本当なんです」

「ちょっと目をつぶってみてちょうだい」

私は素直に従った。おばあさんたちが立ち上がる音が聞こえる。私の後ろでなにやらうろうろしている物音も。

「さあ、どっちでしょう？」

「シャーリー」

「じゃあ私は？」

「シャーリー」

シャーリーおばあさんがエミリーおばあさんの口調を真似たようだけど、声の色は同じだった。それに、目を閉じていると声がより鮮明にイメージできるので私の耳はだませない。

「今度は？」

「エミリー。目を開けてもいいですか？」

「超能力なの？」

エミリーおばあさんが真顔で訊いた。シャーリーおばあさんは首を振った。

「そんなわけないでしょ。マジックにはトリックがあるのよ」

「超能力でもマジックでもありませんよ。ただ、わかるんです」

私はSの声を思い浮かべた。柔らかくて、胸が締めつけられるような紫。私以外、だれも見られない色。そう、S本人さえも知らないうちに、私だけのものになった紫。そんなことを考えていると喉が渇いてきた。

そのとき、携帯電話から短い通知音が鳴った。ピーターが私の友達リクエストをついに承認したのだ。思わず、あっ！と短い悲鳴をあげた。

「今のその声は何色なのよ？」

シャーリーおばあさんがからかうように言ったけど、それどころではない。ピーターがフェイスブックにログイン中であることを示す緑のアイコンを見て、急いでメッセージを送った。


ピーター、どこ？

"Oh hi"というメッセージが浮かんだあと、しばらく吹き出しアイコンのアニメーションが表示された。ピーターがメッセージを入力中という意味だ。

今、エアーズロック・リゾートタウンの近くのシスターズロッジという宿にいるの。

気が急いて自分の居場所を先に知らせた。メッセージはすぐに送信されなかった。Ｗｉ-Ｆｉの電波が弱いようだ。ピーターたちのほうもそうなのかもしれないと思った。ややあって、ピーターがメッセージを確認したという通知が届いた。


そこはいくら？

僕らがそっちに行くよ。


そういえば、宿泊代も訊かずに泊まっていたということに、そのとき初めて気がついた。

「シャーリーおばあさん、宿泊代はいくらですか。友だちがこっちに来たいって」

「二人部屋は百ドル」

ピークシーズンであること、リゾートタウンからやや離れていることを考えると、安いのか高いのかわからない値段だ。そのままピーターに伝えると、大文字で〝大至急向かう（BE THERE IMMEDIATELY）〟と返事が来た。その言葉どおり、緊張する暇もなく外から車の音が聞こえてきた。私は勢いよく立ち上がった。やがてエンジン音が止まり、それと同時に自分の鼓動しか聞こえなくなった。喉がからからに渇き、心臓が喉元までせり上がってくる。玄関のドアが開いた。ピーターが自分の体ほどもある大きなリュックを背負って入ってきた。

「サンクス・ゴッド！　ここらの宿代はどうかしてるぜ」

愚痴をこぼしながら入ってくるピーターは、本当に私の知っているあのピーターだった。思わず涙がこぼれそうになった。

「ここはなんでこんなに安いの？　幽霊でも出るんじゃないでしょうね」

続いて入ってきたリンダも、亀の甲羅みたいな荷物を背負っている。

「いらっしゃい」

私は涙声にならないよう、咳払いをしながら挨拶した。

「シャーリー、百年ぶりくらいじゃない？　こんなところで会えるなんて！」

その言葉から、リンダがこれまでのロードトリップにどれほどうんざりしているかがうかがえた。私が答える前に、リンダはドアを閉めてしまった。

「あ……Ｓは？」

失礼に聞こえませんように。私はそう願いながら、それでも希望を捨てずに訊いた。

「S?」

ピーターとリンダが同時に尋ねた。二人に、心のなかの耳を両側から思い切り引っ張られたような気がした。

「Sは一緒に来てないよ。事情があってドイツに行くってさ」

ピーターが答えた。ぼろぼろに擦り切れた心に大量の砂利がばらばらと降ってきたような気分だった。

「でも、出発するとき撮った写真にSをタグ付けしてたじゃない」

「Sの車を借りたからね」

ドラマのヒロインみたいなことはしたくなかったけど、足の力が抜けてとても立っていられなかった。私がその場にへたり込むと、リンダが手を貸そうと駆け寄ってきた。が、背負っている荷物が重すぎて後ろに転がってしまった。シャーリーおばあさんがクックッと笑う声が聞こえる。

「ひとまずチェックインしてシャワーを浴びたら? 長距離の運転で疲れてるでしょうに」

エミリーおばあさんにつれられてピーターとリンダが二階に上がると、私はシャーリーおばあさんの前ですすり泣いた。シャーリーおばあさんは、さっき笑ったことが申し訳なかったのか、こほんと咳払いをして言った。

「お客さんがたくさん来たことだし、夕食は豪勢にしようかね」

私はなにも言えずに両手で目をこすっていた。

「買い物を手伝ってくれる？　宿泊代だってもらわないんだから、それくらいはしてちょうだいな。さっきのカップルには内緒ね。一応は商売だから」

私は目を覆ったままうなずいた。おばあさんは、よし、そうこなくちゃと独り言を言いながら、身を翻してリビングを後にした。

Track 09

「ここに来る途中、大げんかして別れることにしたの」

なぜこんなに時間がかかったのかという問いに、リンダはそう答えた。ピーターは慌てていた。けんか別れしたことは秘密にしたかったらしい。

「聞いてよ、ピーターったら国際運転免許証を持ってなかったのよ。で、どうせ州境を越えればだれもいないから運転しても問題ない。いや、だめだ。って、言い合いになって。結局、夜は休んで昼は私が運転することになったわけ。そしたら今度は、夜寒いからヒーターをつけてくれって言い出して」

不満げなピーターを尻目に、リンダは言い募った。

「私、言ったのよ。そんなことしたら、バッテリーが上がって路上で立ち往生して野垂れ死ぬかもしれないって。どうりで道路の至るところに緊急時用の電話ボックスがあるわけだわ。毎晩同じ問題で言い合いになるから、昼間もけんかばっかりするようになっちゃって。道端に車を停めてずーっとけんかしてたわけよ。でも、とにかく、別れるにしても空港がある都市までは行くべきだってことになったの。路上で別れたらどちらか一人は野生動物の餌《えさ》になっちゃうもの」

「野牛に踏みつぶされて死ぬかだね」

シャーリーおばあさんが言い添えた。だれも笑わないのでおばあさんが気まずい思いをするのではないかとそわそわしていたけど、どうやらジョークではないらしい。

「それはそうと驚いたな。こんなところでシャーリーに会うなんて」

ピーターが話題を変えた。

「私もよ。こんなところまで来たのにSに会えないなんて」

今度は私が説明する番だ。居もしないSを追ってここまで来たことが知られた以上、Sのことが好きだという事実はもはや隠しようがない。

「なにか急ぎの用事ができたみたいだったけど。もともとこの旅行を提案したのはSで、シャーリーも誘いたいって言ってたし。でもこうなったからにはピーターが二人で行こうって」

リンダが言った。

「ドーラも知ってるの？　Sがドイツに行ったこと」

「ここに着いてから教えてあげたよ。私たち二人とも格安プランだからＷｉ‐Ｆｉがないと携帯電話が使いものにならないんだよね」

「私がここにいることは？」

「それも」

少なくともドーラは、私に一杯食わせるためにわざと知らないふりをしたわけではなさそうだ。幾分気分がましになった。けれど、Sに会うために私がここまで来たことをドーラが知ったなら、ざまあみろとしたり顔で喜んだはず。そう考えるとまた不愉快になった。プラスマイナスゼロだ。

食事が終わり、エミリーおばあさんがデザートを運んできた。私が作った韓国のフルーツポンチ、花菜《ファチェ》だ。スイカの色が赤ではなく黄色である点を除けば、なかなかの出来栄えだ。

「アボリジニのデザート？」

「韓国料理だよ」

ピーターの問いに、私はおばあさんと目配せしてから答えた。

「そういうの、やめてちょうだい」

同時に合掌しようとするピーターとリンダを、シャーリーおばあさんが制した。やっぱりこの二人は、なんだかんだお似合いのカップルだ。

◆◆◆◆◆

ピーターとリンダは、五日間シスターズロッジに滞在した。到着した翌日はシャーリーおばあさんとエミリーおばあさんの案内でキングスキャニオンを観光し、一日休んでからウルルツアーに出かけてまた一日休み、その翌日に出発した。おばあさんたちは、この一帯のことを知り尽くしていた。キングスキャニオンにまつわる伝説や歴史、この辺りで見られる野生動物をアボリジニ語でなんと呼ぶかも。それればかりか、手のひらにウルルがのっているように見える写真をいちばん自然に撮れるフォトスポットまで教えてくれた。それでも、ツアー代はほかの旅行会社の半額だった。ピーターとリンダは、私とおばあさんを遠い親戚かなにかだと思っているらしい（どこをどう見ればそうなるわけ？）。シャーリー・クラブの存在は秘密というわけではなかったけど、ピーターとリンダに教える気にはなれなくて、二人の考えるままにしておいた。

もしピーターとリンダが当初の予算で旅をしていたら、ドミトリーの二十人部屋で三日間過ごしながら、キングスキャニオンかウルル、どちらか一か所を観光するのがせいぜいだっただろう。二人部屋で予定よりも長く滞在し、二か所もツアーに行けたのはシャーリーのおかげだと感謝された。二人がお金を出してくれたおかげで私もただで観光できたということは、黙っておくことにした。

「本当に一緒に行かないの？」

最後の日、出発間際にリンダは涙声で訊いた。私は首を振った。ウルルに来る道中でけんか別れしたカップルに挟まれてオーストラリアの北部まで行くなんて、想像しただけでもぞっとする。もしなにかあったら、国際運転免許証はともかく、運転できない私を置き去りにして行ってしまうかもしれないのだから。ピーターとリンダについていけばSに会える可能性が高まるというのならそんな苦労もリスクも厭《いと》わないけど、SがドイツにいるＳと知った以上、そうする必要はない。Sがオーストラリアに戻ってきてから連絡してくれるのを待つほうが賢明だ。

Sのハト色のワゴンがだんだんと小さくなっていく光景を、私はずっと眺めていた。視界をさえぎるものがなに一つない大平原。その壮大な大地を貫く一本道を、車は走り抜けていく。あらためて、地球の大きさを実感した。私には果てしなく感じられるこの空間も、地球ではほんの一部の、そのまた一部にすぎないのだ。

Sはオーストラリアに帰ってくるだろうか？　そもそも、どれくらい離れているんだろう？　そう思って、メルボルン発、ミュンヘン行きの航空便を調べてみた。飛行時間だけで二十時間以上。しかも、最低一回は乗り継ぎしなければならない。そんなに遠い距離を一度往復したのに、またオーストラリアに戻ってこようなんて思うだろうか。もし思うなら、なんのために？　私のために……ということもありえるのかな。Sも私のことを考えているだろうか。ワーキングホリデーで出会ってちょっと仲良くなった程度の女が（勘違いだったけど）自分を追ってウルルまで来たと知ったら、気持ち悪いと思われるだろうか。

そんな考えが止めどなくあふれてくる。ひとまず、できるかぎり待ってみることにした。万一に備えて、オーストラリアにもう一年滞在できるよう、工場で働いていた頃の給与明細をまとめてセカンドビザを申請した。結果が来るまでは一か所に留まっているほうがいいと思い、シスターズロッジにもう少しだけお世話になることにした。

「なんでもタダと思われちゃあ困るよ。クラブの義理で数日は面倒を見るって言ったけど、ちゃんと仕事を手伝わないとお金を払ってもらうからね。ピークシーズンでお客さんがいつ押し寄せるかわからないんだから、しっかり働いてちょうだいな」

そう言ったのはシャーリーおばあさんだ。

「見てのとおり、リゾートタウンの敷地にある宿じゃないからそこまで人気ってわけでもないのよ。二人きりだと寂しいからああ言ってるだけで。気にせずにゆっくりしていきなさい。仕事まで手伝ってくれるなんて、ありがたいわ」

まったく同じ話を、エミリーおばあさんはこんなふうに言った。

脅されたわりに（一人はやさしく言ってくれたけど）、仕事はさほど多くなかった。途中、同じノーザンテリトリー準州の州都であるダーウィン市からやってきたシャーリー・クラブのおばあさん五人が、三泊四日ここで過ごしていった。そのあとは宿泊客も来なかった。それでも、午前十時には掃除をして、午後四時にはリゾートタウンのスーパーマーケットへ買い出しに出かけた。スーパーに行くと、ほかの宿や旅行会社で働くスタッフが私に気づいて、笑顔で挨拶してくれた。あの人たちは見つかった？　そう訊かれることもあった。ピーターとリンダには会えたけど、肝心のSには会えなかったので、答えに困ってしまった。

三、四日に一度はプールに行った。エミリーおばあさんの友人の孫が運営しているところだと勧められて。おばあさんたちに夕飯の食材のお使いを頼まれたら、早めに出かけてプールで遊び、スーパーに寄ってから帰るのがお決まりのコースだった。私は両親の実家がどちらも首都圏なので、〝田舎のおばあちゃんの家〟の思い出というものがない。それなのに、記憶にもない懐かしさを呼び起こす、のどかでゆったりとした日常だった。片手にスーパーの入り口近くで買ったスラッシュを持ち、もう片方の手に夕飯の食材をぶら下げて歩いていると、ああ、こうやって一生を過ごすのもいいかもしれないという思いと、はあ、一生こうやって過ごすことになったらどうしようという思いが交錯した。

三週間近くそうやって過ごすあいだ、携帯電話が鳴ることはほとんどなかった。リンダから、結局ピーターとは別れることにしたという連絡が一度あり、数日後、またつき合うことにしたからピーターの悪口を言ったことは内緒にしてくれという連絡があった。一回目の連絡が来たときはリンダのメッセージに一生懸命あいづちを打ったけど、二回目の連絡は無視した。

元ルームメイトからは、新しい仕事を見つけたという連絡が一度来たきりで、それ以降は音沙汰《おとさた》がない。そういえば、母からもしばらく連絡がない。今日はメッセージを送ってみよう、プールでバタ足をしながら思った。ウルルに来てから、三週間が経とうとしていた。

夕方、皿洗いを済ませてから、ベッドにうつ伏せになり、母にメッセージを送った。すぐに電話がかかってきた。ほら、まただ。電話したいときはこっちからかけるって、前に言ったのに。私の携帯電話の料金プランには、一定時間国際電話を使用できるコールクレジットが含まれているので問題ないが、母からかかってきた場合はいくらになるかわからない。だからそう伝えておいたのだ。

「もしもし、ソリか？」

意外にも、電話をかけてきたのは母ではなかった。男。ほかでもない、父だった。

「もしもし？　聞こえないのか？」

一度電話を切ってから、父の番号にかけなおした。

「お母さんと一緒にいるの？」

自分で尋ねながらも、信じられなかった。どうしてお父さんがお母さんの電話でかけてくるの？

「うん」

簡潔すぎる父の返事に気が抜けた。ちょっと、いったいどうなってるのよ？

「ひょっとして……」

「母さんは眠ってて電話に出られない」

三十分しか時差がないのに、もう寝てるって？

「二人、なにかあったの？」

おかしな質問だとわかっていながらも、訊かずにはいられなかった。父からは、予想外の返事が返ってきた。

「母さん、数日前に大きな手術をしたんだ」

思わずベッドから飛び起きた。

「心配かけたくないから退院するまで秘密にしてくれって言われたんだけどな。母さんが苦しんでる姿を見るとそうはできなくて。ソリ、お前も知っておくべきだと思ったんだ」

頭をがつんと殴られたような衝撃。なにも考えられない。まったく知らなかった。母が病気だったなんて。情けないと思うと同時に、その事実をほかでもない父の口から聞かせられて余計に頭が混乱し、ショックを受けた。なぜなら、私にとって父と母は、隣り合わせに立っていても地球でいちばん近い人ではなく、地球を一周しないといけないくらいの隔たりがある、赤の他人同士のようだったから。

「お母さんは大丈夫なの？」

「大丈夫らしい」

「どこが悪いの？」

「ガンだって。子宮体ガン」

「ガンなのに、なにが大丈夫なのよ」

「子宮体ガンは、早期発見すれば完治するらしい。いいガンなんだ」

「なによそれ。ガンにいいも悪いもあるわけないでしょ？」

私は泣きながら電話を切った。二、三回、電話が鳴ったけど出なかった。ベッドに横たわって泣いていると、だれかがドアをノックした。慌てて涙を拭いてドアを開けた。おばあさんが〝さあ、どっちでしょう？〟というまなざしで私を見つめている。

「シャーリー？」

「どうしてわかったの？」

「服を見ればわかります。何日も一緒にいるんだし」

シャーリーおばあさんは、こほんと咳払いをした。

「エミリーが焼き芋を焼いたから、暇なら一緒にお食べ」

泣き声を聞いて駆けつけてくれたわけではなかったのか。

「ご飯ならさっき食べましたけど」

「だからなに？（So what?）」

仕方ない。真っ赤になった目と鼻を隠すために、うつむきながら一階に降りていった。

ちょっと泣いただけなのにもうお腹がすいたのか、焼き芋の甘い香りに食欲をそそられた。

座ろうとしたところへ、エミリーおばあさんが、湯気のたちのぼる焼き芋の先の皮をむいて私に差し出した。一口かぶりついた。あちちっ。

「尋ね人のことで泣いてたの？」

「今日は違います」

まだ熱々の焼き芋を口のなかで転がしながらなんとか答えた。エミリーおばあさんがテーブルの上のコップを私の前に滑らせた。イオンドリンクだ。

「母が重い病気だったんです。でも、それを私には隠してて」

向かい側の席に並んで座ったおばあさんたちは顔を見合わせると、また私のほうを向いた。

「私が母でも、いえ、もし私が、いま急にここで病気になったとしても、きっと母には秘密にすると思います。自分の病気のせいでオーストラリアまで来させるのは申し訳ないから。だから、余計に悲しくて腹が立つんです。病気だって正直に言ってくれたら、すぐ韓国に戻ったのに。私が病気なら間違いなく母もオーストラリアに来るだろうから。私がそう信じているのと同じように。だから、すごくよくわかるんです。どうして母が黙ってたのか。母はぜんぶわかってたんです。自分が病気だって知ったら、私が仕方なく帰ってくるだろうって」

また涙が込み上げる。

「ばかみたい、私。病気の親のそばにいてやることもできないくせに、こんなところでなにやってるんだろう」

Sが憎かった。彼はなにも悪くないし、こんなことは知る由もないだろうけど。私がこうやって、オーストラリアの国内線しか就航していない、バスターミナルほどの大きさの空港がぽつんとあるだけの田舎までやってきたのもSのためなのだ。涙が堰《せき》を切ったように流れ、手に握っていた焼き芋を濡らした。おばあさんたちはしばらく黙っていた。

「私たちが十二歳のとき」

シャーリーおばあさんが口を開くと、エミリーおばあさんが続けた。

「ママが、ママのママを見つけたという知らせを受けたの」

どんな話をされても慰めにならない気がして、私はずっとうつむいていた。それでも二人はおかまいになしに話を続けた。

「その昔、先住民との混血児を無理矢理親と引き離す政策があってね、ママはその被害者だった。そういう人たちを『盗まれた世代』って呼ぶんだよ」

「私たちもその政策が推し進められた時代に生まれたわ。だけど、先住民の血が濃くなかったし、ママもパパも安定した職業についていたからか、産みの親のもとで育つことができたのよ」

旅行のガイドブックで読んだような、おぼろげに覚えている話。自分にとっては、わざわざ知る必要のない歴史上の一般常識のようなものだと思っていた。おばあさんたちはそれを、実体験として話していた。

「私たちのママも、物心がつく前に白人の養父母に強制的に養子縁組させられたのよ。せめてもの救いは、ひどい里親じゃなくて子どもを心から尊重する家庭に引き取られたということね。それにママは、我が子を奪われずに済んだし」

「でもママは、長いあいだ実の母親を探そうと必死だった。あの頃は、引き離された産みの親を代わりに探すことを生業にしている人もいて、私たちのママもそういう人を頼った。でも、あんなに苦労してようやく母親を見つけたっていうのに、そこまで親密でもなかったのよ。会ったのも二回くらいだったっけ？」

ただ聞いているわけにもいかず、顔を上げて質問した。

「どうしてですか？」

二人は微かな笑みを浮かべていた。

「私たちもその理由をずっと考えてたの。ママはいつも言ってたわ。おばあちゃんを敬いなさい、愛しなさいって。夏休みや冬休みには私たちをおばあちゃんの家で一緒に過ごさせたし、アボリジニの文化をたくさん学んでこいとも言ってたしね。それなのに、自分はそうしなかったのはなぜだろうって」

「自分は手遅れだって思ったんだろうね。養父母を心から慕っていたし、あまりにも遠い存在になってしまった実母がよそよそしく感じられたんでしょう。そんな感情を抱いてしまう自分もいやだったはずよ」

二人の話を聞いているあいだに涙は止まったが、水っぽい鼻水が垂れてきた。

「おばあちゃんはね、私たちがちょうど成人を迎えた頃に亡くなったわ。そのとき、家族みんなでおばあちゃんの家に向かうために夜行バスに乗ったのよ。バスで寝ていると、シャーリーが私を小突いて起こしたの」

「ママが泣いてたのよ」

シャーリーおばあさんは、こほんと喉を慣らしてから話を続けた。

「そのときやっとわかった。ママは、おばあちゃんを愛していないわけじゃなかったって。ちゃんと愛してたのよ。おばあちゃんがそこにいること……ただ、生きてそこにいてくれるということに、慰められるという形でね」

「感動的な話ですけど、どうして私にそんな話をされるのかわかりません」

口に出してみると思ったよりずっと小生意気な言い方になってしまったので、自分でも驚いた。言いたかったのは、赤の他人である私に話すにはあまりにプライベートな家庭の事情ではないかということだったのに。一方で猜疑《さいぎ》心もあった。あんたより不幸な家庭なんてごまんといるんだよ、と言いたいのだろうかと。でも口には出さなかった。二人は顔を見合わせて笑った。

「リトルシャーリーを諭したり説教するつもりはないのよ。シャーリーも知ってのとおり、母親と娘のあいだには他人がむやみに判断したり口出しできない、心の結び目みたいなものがあるでしょう？」

「私たちも、ママをたくさん恨んだわ。ママがおばあちゃんをどういう形で愛そうが、おばあちゃんが亡くなるまでその気持ちを素直に表現できなかったことは、悔やんでも悔やみきれないことだから。それでも、私たちがおばあちゃんを想う気持ちは、ママがおばあちゃんを想う気持よりは大きくなかったはずよ」

「それに、ママとは違って、私たちには仲直りできる時間がたくさん残っていたからね」

母と私にも、残された時間がたくさんあるだろうか。

涙は引っ込んだが、今度はさまざまな考えが頭のなかを駆け巡った。たしかに、おばあさんたちが一生考え続けてきたことを、子ども同然の私が今この場で話を聞いたからといってすぐに理解できるわけがない。それに、おばあさんたちは二人で頭を悩ませながら考えたのだろうけど、私は一人だし頭も一つしかない。

「ところで、そろそろ下ろしたら？　それ」

涙と鼻水にまみれた焼き芋を指さして、シャーリーおばあさんが言った。

「なにをそんなに大事に握りしめてんだか。汚いわね」

私は苦笑いしながら、韓国には泣き止んだあとに笑うとお尻（butt）に毛が生えると言ってからかう風習があると、おばあさんたちに説明した。エミリーおばあさんは、だからそんなに毛深いのかとシャーリーおばあさんをからかい（双子なんだから外見をとやかく言うのは自分を貶《けな》すのと同じなんじゃ……？）、シャーリーおばあさんは、じゃあ笑ったあとに泣くと毛が抜けるのかと、真顔で訊いた。

部屋に戻って韓国行きの航空チケットをしばらく検索していた私は、ノートパソコンを広げたまま眠りについた。朝、母からの電話で目が覚めた。パソコン画面に映し出された航空チケットの検索サイトには、ページをリロードして最新価格をチェック、というポップアップウィンドウが表示されている。電話に出るなりすぐに切って、かけなおした。

「ばれちゃったわね」

「冗談言ってる場合？」

「冗談？　なんのこと？　ああ、冗談言ってあげようか？　母さんね、もう生理来ないのよ」

「それはけっこうなこと」

私は、ページを更新してチケット代を確認しながら答えた。本当は胸がうずき喉がつまったが、母には泣き声を聞かれたくなかった。からかわれるに決まっている。

「ああ、そうそう。あんた、今は韓国に来ないでね」

「なによ、急に。行かないわよ」

フライトスケジュールを確認しているのがばれたのかと一瞬どきっとしたけど、素知らぬ振りをした。

「彼《オッパ》とよりを戻そうと思って」

「えっ？」

このタイミングで父の話が出てくるとは。それに〝彼《オッパ》〟ってなによ。娘の前でやめてほしい。

「あんたがこっちに来たら、彼、お見舞いに来てくれなさそうなんだもん。絶対に来ないでね。わかった？　頼んだわよ。ああ、でも連絡はちゃんとよこしなさい。じゃあね」

一方的にそう言い捨てて、電話は切れた。あきれ果てて、こぼれかけた涙も乾いてしまった。

本当に同じだ。母も、私も。

おのずとSのことが頭に浮かぶ。実はずっと考えていたのだけど、思い出さないようにしていた。母よりSのことを考えるのはなんだか申し訳ないような気がして。でも、もうそんな努力もしなくていいのではっとした。このままSを好きでいたかった。ひょっとしたら、母もこんなふうに父を好きになったのかもしれない。

◆◆◆◆◆

セカンドビザが承認されたという連絡が届いたのは、申請から二十日ほど経ってからだった。シスターズロッジよりいいところはそうそうないだろうけど、そろそろ出発する準備をしなければと思った。メルボルンへ帰ろうか。それとも行ったことのないシドニー？　ブリスベン？　ケアンズ？　どうせなら、韓国行きの飛行機がしょっちゅう飛んでいるところがいい。韓国行きの便が就航しているのは大都市で、大都市の空港には韓国行きの便だけでなく、オーストラリアのほかの都市へ行く便もたくさんあるから。Sがオーストラリアのどこにいても、すぐに飛んでいける。

おばあさんたちは、好きなだけいてもいいと言ってくれた。私もすっかり情が移ってしまっていたけど、これ以上迷ってはいられない。

とはいえ、行き先は一向に決められずにいた。

思い切り息を吸い込んで水に潜った。水のなかで目を開けて、鼻をつまんだまま、人々の足が行き来するのを見つめていた。ほんの少しそうしていただけなのに息苦しい。いま苦しいのは、自分の境遇のせいではなく、実際に息苦しくなるようなことをしているから。そう考えると気分がよかったので、もう少し息を止めて我慢した。浮力でお尻と背中が上に押し上げられるのとは反対に、頭は下で踏ん張ろうとするので体がひっくり返った。そのとき、水の上でだれかに背中のあたりをぴしゃりと叩かれた。驚いて顔を上げた。

立派な風采の女の人が、変態！（Pervert!）と言いながら怒っているではないか。変態？私、なんかした？　唖然《あぜん》としたまま、彼女がまた手を振り上げるのをただ見つめていた。

同時に、その後ろからエミリーおばあさんが走ってくるのが見えた。

うちの子に触らないで！（Don't you dare touch my girl!）と言いながら、どすんどすんと大股で駆け寄ってくる姿は、まるでサイのような迫力だ。ふだんやさしいエミリーおばあさんが怒ると、シャーリーおばあさんより怖いんだなあ。女は、慌ててプールから出ていった。私はおばあさんが見ている前で、バタ足をしながらそのまましばらく遊んだ。

ちょうどおばあさんたちとプールに遊びにきた日にそんな目に遭ったことを、幸いだと思うべきだろうか。エミリーおばあさんが助けに入っていなかったら、私はさっきの女にずっとやられっぱなしだったかもしれない。きっとそうだろう。そんなときはどうやって対処すればいいか、考えたこともなかったから。かといって、いつまでもくよくよしているつもりはない。いつかまた、だれかに侮辱されるようなことがあったら、エミリーおばあさんのようにDON'T YOU DAREと言い返してやれそうな気がした。これも一度経験したおかげだ。

プールで遊び終わったあとは、おばあさんたちを外食に誘った。リゾートタウンにある宿に、ピザがおいしいと有名なレストランがあったのでご馳走することにしたのだ。私にとってピザは特別な食べ物だった。Sと友だちになってから最初に食べたのもピザ、Sが姿を消す直前に食べたのもピザだった。メニューを見ながら、私はおばあさんたちにこんな話をした。今度Sに会ったら、おいしいピザ屋を見つけたと言おう。今すぐ食べにいこうとSに場所を訊かれたら、ウルルにあるって言うんだ。私のこの計画に、シャーリーおばあさんは幼稚だと言い、エミリーおばあさんはロマンチックだと言った。どちらも的確な評価だ。

「あら、あのときのお嬢さんじゃない？　うちの旅行会社に来て赤髪、金髪、黒髪の三人組を探してた」

一切れ目のピザを食べようと口を開けた瞬間、隣のテーブルの女性がサングラスを上にずらしながら声をかけてきた。私はピザを皿において、思い切り開けていた口を閉じた。これはかなり恥ずかしい。初めてウルルにやってきたとき、リゾートタウンを訪ね回っていたことがいまだに話題になるなんて。でも、彼女が言わんとすることはそれではなかった。

「そうよね？　あのとき、黒髪の人の写真も見せてくれたもの。ちょっと前に会ったのよ、彼と」

「へっ？」

「先週、キングスキャニオン&ウルルのパッケージツアーに行ってきた団体客のなかに、どこか見覚えのある人がいてね、声をかけてみたのよ。ひょっとして、韓国人の友だちがいるんじゃないかって訊いたら、そうだって言ってたわ。お嬢さんがまだタウンにいるなら教えてあげればよかった」

Sにまた会える確率が、わずかに上がったということだ。それはそうと、その話を先に聞いてしまったために、私はもうその店のピザを味わうどころではなくなってしまった。


出会いはあんなに簡単だったのに、二回目はどうしてこんなに難しいのかな？

いつかあなたが、幼い子どもたちの前でこの話をしている姿を想像してみたんだ。お前たちのおばあさんとはこうやって出会ったんだよって。前にあなたが、おばあさんとおじいさんの馴れ初めを話してくれたときみたいに。その話を面白くするためだったのかな？それ以外に、大してよかった点は思い浮かばないや。

安心して。私と一生添い遂げてって脅してるわけじゃないから。簡単なことじゃないってわかってる。だってそれは、私たちの両親もできなかったことだもん。私たちはそうしないといけないとも思わない。

ただ、こういう想像をすると、幸せな気持ちになるって言いたかっただけ。

それに、あなたも同じ気持ちか、どうしても知りたかったの。

Track 10

旅行会社のスタッフは、こういうのは見せちゃいけない決まりなんだけど、と言いながら、前の週の団体ツアーの参加者名簿をモニターに映した。そのなかにSの名前があった。本当だ。いたんだ、こんなに近くに。それなのにまったく気づかなかったなんて。今になって悔しさが込み上げてきたけど、それこそ後の祭りだ。

「この人、今はどこにいるんですか？」

「アリス・スプリングスにあるウーフから参加したみたいね。あっちの農場からはよく来てるからわかるのよ」

ウーフといえば、ボランティアとして農場で働くファームステイのような、あれのことか。英語が拙いワーホリ初心者によく勧められるコースなので、聞いたことはある。アリス・スプリングスは、ウルルからいちばん近い都市だ。近いといっても、ソウルから釜山《プサン》くらいの距離はあるだろうけど、それくらいはその気になればすぐにでも訪ねていける。

こんなに近くにいたのに、どうして連絡してくれなかったんだろう？　私、避けられてるのかな。

「このブランクは？」

シャーリーおばあさんが、指先でモニターに触れながら訊いた。

「本来はこの欄に連絡先を入力するんです」

どうして連絡先が空欄なんだろう？　携帯電話を解約したから？　それともなくした？

「じゃあ、そのウーフの責任者の連絡先を教えてくださる？」

エミリーおばあさんが落ち着いた声で言った。私たちはその場で、Sがいると思われるウーフに電話をかけた。まずはエミリーおばあさんが事情を説明してから、私に代わってくれた。

「Sが言ってた、あのシャーリーだね」

Sもほかの人に私の話をしたんだ。なんて話したんだろう？

「Sと話せますか？」

「Sはもう行っちゃったよ」

心ががらがらと音を立てて崩れそうだったけど、まだ耐えられる。今よりもずっとヒントが少ないときもあきらめなかったのだから。

「いつですか？」

「三日前に」

三日前なら、Sがツアーに参加した二日後だ。

「どこへ行ったかご存じですか？」

「パースに行くと言ってたよ」

「パース？」

私は、おばあさんたちにも聞こえるように大きな声で繰り返した。シャーリーおばあさんがその辺にあったノートを持ってきて、なにやら書き殴って私に見せた。〝なにに乗っていったか訊いてごらん〟。

「なにに乗っていきました？」

「長距離バスで西部沿岸まで行って、ブルームからパース行きの飛行機に乗るはずだよ。そう教えてあげたからね。アリス・スプリングスから飛行機で直接パースに行くよりもずっと安く済む。時間と体力は要るけど」

シャーリーおばあさんはノートをめくると、〝連絡先〟と書いた。

「連絡先はわかりますか？」

「Sは携帯電話を持ってなかったよ。うちの農場に来る前になくしたって言ってたな」

「メールアドレスは？」

「ああ、それなら農場志願のメールを見ればわかる」

ウーフの担当者は、Sのメールアドレスをゆっくりと読み上げた。

「ほかに質問は？（Any questions?）」

「質問？　えーっと……」

エミリーおばあさんが、“Why《ホワイ》, Why《ホワイ》”と口を大きく動かしている。

「なぜパースに行ったかご存じですか？」

エミリーおばあさんがうなずく。

「クオッカを見にいくってさ」

「そうですか。ありがとうございます」

シスターズロッジに戻ってさっそく、飛行機のチケットを探した。三日前に出発したSに追いつくか、先に着かなければならない。エアーズロック空港もアリス・スプリングス空港もパースへの直行便はなく、シドニーを経由するのがいちばん早かった。

「明日は早起きしなきゃね」

シャーリーおばあさんが私の肩越しにモニターをのぞきながら言った。

その夜はなかなか寝つけず、ただじっと目をつぶっていた。うたた寝をして、アラームの音で飛び起きた。あらかじめ荷造りしておいたキャリーケースとパスポート、eチケットを順番にチェックした。小さな空港だけど、念のためにほかの空港へ行くときと同じように三時間前に着くように出発した。とはいえ、国際線ではないので早く着いた甲斐もなく、見送りに来てくれたおばあさんたちとコーヒーを飲んだ。別れるときは、できるだけ気丈に手を振った。

「なにかあったら電話しなさい！」

「私たちも探してみるから！」

二人は、さして広くもない空港で手をメガホンのように口に添えて思い切り叫んだ。

そんなおばあさんたちの渾身《こんしん》のエールが気恥ずかしくもあり、同時に胸がいっぱいになった。

シドニーまで三時間。乗り継ぎのために空港で三時間待機。シドニーからパースまで五時間。パースに到着したら午後十一時。シャーリー・クラブの西豪州（Western Australia）支部の会員の人が迎えに来てくれるらしいので、空港で夜を明かす心配はなさそうだ。Sはパースに着いただろうか？　もうロットネスト島にいるだろうか？　Sなら、陸路でゆったりと旅行を楽しみながら向かっていそうだけど。Sの乗る長距離バスは、チケットの有効期限内に目的地に到着すればいいらしい。Sが私と同じくらいのタイミングでパースに到着するか、多少遅れて来るだろうという、根拠のない確信があった。どのみち目的はクオッカなのだから。そのためだけに、ほかの都市よりもアクセスの不便な辺鄙《へんぴ》な場所までわざわざ急いで行くとは思えない。

クオッカは、世界中でオーストラリアだけ、そして、オーストラリアでもパースの沖合に位置するロットネスト島にだけ生息する小さな動物だ。口の形のせいか性格のせいか、いつも笑っているように見えるので、世界一幸せな動物と呼ばれている。ロットネスト島ではかなりの個体数が見られるらしいが、絶滅危惧種《きぐしゅ》なので触るのは違法だ。クオッカは警戒心が少なく人懐っこいので、〝笑顔で近寄ってくる罰金〟とも言われているのだとか。たしか、ラヴクラフトの小説に似たような表現が出てきた気がするけど……とにかく、Sが好きそうな動物だと思った。

シドニー・キングスフォード・スミス空港のゲートで手荷物検査を受ける際、シスターズロッジのおばあさんたちが忍ばせたと思しきハガキを発見した。

シャーリーへ
『赤毛のアン』を読んだことがあるなら、アンのミドルネームがシャーリーだということはよく知っているでしょう。アン・シャーリー・カスバート。アンは、自分の名前のスペルの末尾に〝e〟がつくから、ただのアンより優雅な名前だって言い張ってたけど、私はアンよりもミドルネームを強調したらよかったのにって思うの。小さい頃からシャーリーという名前に憧れていたから。あんなに特別で、愛らしい名前はなかなかないもの。

シャーリーという名前を持つ韓国人の少女は、ノーザンテリトリー準州であなたしかいないでしょうね。ひょっとしたら、オーストラリア大陸全体を探しても見つからないかもしれない。

あなたはとても特別な人よ。リトルシャーリーと一緒に過ごした時間をずっと忘れないわ。シャーリーも忘れないでね。

愛を込めて（Love）

シャーリーの姉妹より

シャーリーへ

エミリーがもういいことをたくさん書いたから、とくに言いたいことはないわ。あなたが探している人も混血だそうだね。いろんな文化のバックグラウンドを持つ人は、そのバックグラウンドのなかでよりも、自分を愛してくれる人たちのなかで自分のアイデンティティを見つけるのよ。私はそう思う。私たちは、私たちが愛し、私たちを愛してくれる人たちのなかで、私たちになっていくんだって。あなたが探している人も、あなたから与えられる愛で、自分という人間を見つけられますように。

元気で。

心を込めて（Your sincere）
シャーリー・ネルソン

二人とも、揃いも揃って悪筆だった。

ハガキの裏には、手のひらの大きさほどのウルルの写真がプリントされている。シスターズロッジで泊まっていた部屋から見えていた大きさと、ほぼ同じくらいの。刻一刻と色を変えるウルルを見ながら、私はSのことを考えていた。見るたびに色は違うけど、その岩がウルルだという事実は変わらないから。私がSのことを考えているとき、おばあさんたちは私のことを考えてくれていたんだ。

涙を拭いてカバンをかけ直した。

パース空港に迎えにきてくれたシャーリー・カーさんは、シャーリー・クラブのメンバーにしてはずいぶん若いほうだった。カーさんは、西豪州シャーリー・クラブの幹事をしているという。ベルモリンおばさんよりも若いかもしれないと思いながらちらちら見ていると、見た目よりはいってるのよ、と先に言われて赤面した。私もオーストラリアに来てからは、実年齢よりもずっと幼く見られていやな思いをしていたのに、同じミスをするなんて。

「ロットネストまで行けば、Sとかいう人も袋のねずみだね。島の入り口は一つしかないから」

しゅんとしていた私を不憫《ふびん》に思ったのか、カーさんは話題を変えた。たしかにそうなのだけど、袋のねずみと言うと、シャーリー・クラブがなんだかマフィア組織のようで答えに窮してしまった。

前日の夜にあまり眠れなかったからか、パースでは横になるなり眠りに落ちた。おかげで、翌朝はすっきり目覚めた。カーさんの家にキャリーケースを置いて、バックパックだけ背負ってロットネスト島へ行くことにした。二、三日かかるかもしれない、それよりも遅くなりそうだったら連絡すると、カーさんと約束した。フェリーが発着するフリーマントル港まで、カーさんが送ってくれた。

「幸運を祈るわ」

「ありがとうございます」

ロットネスト行きの九時半発のフェリーに乗った。三十分間、ありとあらゆる思いが頭のなかを駆け巡った。Sがロットネスト島にいなかったらどうしよう。まだ着いていないなら島で宿をとって待てばいいけど、もう観光を終えて帰ってしまっていたら、いつ会えるかもわからないのに。ううん、大丈夫。そのときのためにメールアドレスを教えてもらったんだから。ロットネスト島を離れたとしても、パースからそんなに遠くへは行っていないはず。でも、メールを送るとしたらなんて書けばいいの？　Sを追いかけてウルルまで行って、しまいにはここまでやってきたって知ったら鳥肌ものじゃない？　旅行会社のスタッフに聞いておくんだった。私の話をしたとき、Sがどんな反応だったか。

フェリーに乗っていたのはたったの三十分なのに、船酔いしてしまった。考えごとが多すぎるせいでもあるけど、波もかなり高かった。もしSも私と同じ日に、私よりも少し遅れてロットネスト島に来ようとしていたらどうしよう。海が荒れてフェリーが欠航になることもあるらしいし。

だれよりも早くフェリーから降りたものの、歩くこともままならず船着場の表示板につかまって辛うじて立っていた。あとに降りてきた人が私を追い越したり、自転車を借りている光景をしばらく眺めたあと、バックパックを背負い直した。

「シャーリー？」

そのときだった。

後ろから、紫色の波が押し寄せてくるような気がした。船酔いは一瞬にして吹き飛び、はっと我に返った。でも、振り返る勇気がない。

「僕だよ」

Sが私の前に歩いてくる。

無我夢中で探していた人と同じ船に乗っていたなんて。今、ここにいるなんて。目の前にいる人が、私が探していたその人だとは到底信じられず、思わず手を握った。

「見つけた」

堰を切ったようにぼろぼろと涙が流れる。Sはもう片方の手で私の肩をそっとつかむと、やがて抱きしめた。しばらくそうしていた。船着場の表示板の横で抱き合ったまま。フリーマントル港へ向かう人たちの痛い視線を感じるまで。

「どうして音信不通になったの？」

Sもロットネスト島で一泊か二泊するつもりだったと言うので、島の観光は後回しにして話をすることにした。私たちは海岸に座った。サファイアとペリドットを液体にして混ぜ合わせたような海だった。

「祖父が亡くなったんだ」

いきなり言葉につまってしまった。波が三、四回寄せては返すあいだ、私もSも言葉を継ぐことができなかった。Sはまたゆっくりと話しはじめた。

「ドイツに着いてからすぐ携帯電話をなくしちゃってさ。空港でなくしたみたいなんだけど、祖母の家に着くまで気づかなかった。ドイツのSIMカードに差し替えてもいなかったから、とても探せそうになくて。祖母が傷心しきっていて予定よりも長くいたんだ。もうオーストラリアには戻らなくてもいいかなって、たまに思ったりもしたし」

そんな事情があったことも知らず、時折Sをひどく恨んだことが申し訳なくなった。

「連絡しようと思えばできたんだけど。はじめはそのつもりだった。葬儀が終わったらすぐに携帯電話を買って、オーストラリアの知り合いに連絡して、シャーリーの連絡先を調べて……心配しないで、すぐに戻るからって言いたかった。なるべく早く。しまいには、祖父の棺に寄りかかっている最中にもそんなことを考えてたんだ。それで思った。今、なんてことを考えてるんだろう？　祖父の葬式で。変に思うかもしれないけどさ。なぜか祖母に申し訳ない気持ちになったんだ。祖父じゃなくて」

「どんな気持ちかわかる気がする」

Ｓの横顔にほろ苦い笑みが浮かんでいる。その表情を見た途端、後悔の念が押し寄せた。わかる気がするなんて、知ったような口を利くんじゃなかった。

「予定よりも長くミュンヘンにいたのは、その罪悪感のせいだったんだ。はじめはね。少しでも祖母に孝行してからにしよう。祖母の幸せな顔を見るまではここにいようって。でも、だんだんわかってきた。その罪悪感は、祖母のせいで帰れないっていうのは……ただの言い訳に過ぎないって。本当はオーストラリアに戻ってくるのが、シャーリーにまた会うのが怖くて、それっぽい言い訳がほしかっただけなんだ」

「怖いって、私が？」

喉の奥が熱くなるのを感じながら、そっと訊いた。Ｓが笑った。さっきよりもずっと穏やかな笑顔だ。

「ううん、僕が」

「どうして？」

「こんな僕が、自分のこともよくわからない僕が、こんな状態でまたシャーリーに会ってもいいのかな、勝手に幸せになってもいいのかなって」

「どうしてだめなの？」

「いまだに、僕は自分がだれかわからないから。ぼやっとしているくせに複雑なんだ。いつも自分は何者なのか、どんな人間なのかを考えないといけないっていうことは、ほかの人を気遣う余裕がないっていうことでもあるから。そんな自分が、だれかを恋しいと思ったり、また会いたいと思ったりするのは、自分勝手なんじゃないかって」

わかる気がする、そう答えようとして口をつぐんだ。実は、Sの言葉を完璧に理解できないことが悲しかった。それは、Sという人にしかわからない、Sだけの苦しみだから。一方では、とても逆説的な話のようにも聞こえた。Sが感じている悲しみに、私も、ほかのだれも寄り添うことができない。だからこそ、Sが確固たる一人の人間として成り立っているような気がして。

そんなの、ちっとも自分勝手なんかじゃない。

私が感じたことを、Sに正確に伝えることができるだろうか。すらりと長い、それでいて節くれだったSの指を撫でながら考えた。多分、難しいだろう。あなたがどんなに紫かをずっと教えてあげたかったけど、できなかったように。

「それでもオーストラリアに戻ってきたのには、別の理由があったんだ。葬儀で久しぶりに父に会ったんだけど、勉強したければロンドンに来いって言われてさ。祖母と母から僕を引き離したいんだろうけど……父のところに行けば、少なくとも学業の援助は受けられるから正直悩んだ。考えてみると言って父とは別れたんだけど、むしろ祖母と母が積極的にロンドン行きを勧めてるんだ。将来のことを考えろって。だから、ロンドンへ行くことも、ミュンヘンに残ることもできずにオーストラリアに戻ってきた。逃げたも同然だ。卑《ひ》怯《きょう》だよね」

私はSの手を握ったまま力を込めた。そういえば、もうずいぶん長いあいだ握りっぱなしだけど、これってどういう意味だろう、それもこんなにカンカン照りなのにという、雑念を頭から追い払って、Sの話に必死に耳を傾けながら。

「オーストラリアへ行って、新しく携帯電話を契約してから父に連絡するって約束したのに、結局できずじまい。まだ結論を出せてないってのもあるし、電子機器を自由に使えないウーフで数週間過ごしてたしね。でも、そこでシャーリーの話を聞いたのは意外だったよ」

「それってどういう意味？」

あまり聞きたくなかったということだろうか。

「シャーリーも韓国に帰ったか、ほかの州に行ったんじゃないかって思ってたから。オーストラリアに戻ってきてすぐウーフに参加したわけじゃなかったんだよ。シャーリーを探すためにメルボルンに寄ってから、アリス・スプリングスに移動した。メルボルンにいたのはたったの二日だったし、本当にこれでいいのか、オーストラリアに帰ってくる前あんなに悩んだのにまたシャーリーに会ってもいいんだろうか……そんなことも考えたけど、やっぱり会いたかったから。もともと住んでいたシェアハウスの住所が思い出せなくてドーラに訊きにいったんだけど、なにも教えてくれなかったよ」

あの性悪女め、どうか天罰が下りますように。

「祖母に、シャーリーの話をたくさんしたんだ。ワーキングホリデーの話をしていても、いつの間にかシャーリーの話で終わっててさ。祖母も言ってた。また必ずシャーリーに会うべきだって。すぐにでもシャーリーを紹介したいのにできなくて残念だったよ」

拍子抜けしてしまった。ああ、その程度だったのか。Sにとって私は、韓国人のおばあさんを喜ばせてあげられるくらいのただの韓国人のワーホリ仲間。それ以上でも以下でもないんだ。Sは照れくさそうに続けた。

「多分、祖母は単に、僕が韓国人の女の子を好きなことが嬉しかったんだと思うけど、それで余計に躍起になっちゃってさ。好きになったのはただの韓国人の女の子じゃないって、国籍のせいで好きになったわけじゃないって、祖母にちゃんとわかってもらいたくて」

「今なんて？」

「好きって言ったんだよ」

「私も」

私はちょっと動揺して、真っ赤な顔で答えた。ふと見上げてみると、Sも紅潮した顔を思い切りしかめている。

「こんなふうに告白するつもりじゃなかったのに」

「私も」

文句のつけようのない清々しい晴天だった。時折、遠くから波が足元まで打ち寄せてくる。

「でも、がんばったのは私だけだったじゃない。一人で必死に探し回ってたんだから」

「僕もシャーリーにまた会いにいくつもりだったよ。ワーキングホリデー中に会えなかったら、そのあとでもきっと探してみせるって思ってた。自分勝手だって言われてもいいから、会って言いたかったんだ。どんなに会いたかったか、僕にとってシャーリーがどんな人か」

Sは心なしか怒ったような顔で言った。

「どう考えても、先に好きになったのは僕じゃないか。いつも先に会おうって誘うのは僕のほうだったし。シャーリーが僕のことをどう思ってるかわからないままドイツに帰ることになって、どんなに不安だったか。祖父が亡くなったのにシャーリーのことしか考えられなくて、僕がどんなに……」

Sは泣き顔になって私の手を包み込んだ。胸が痛んで抱きしめてあげたかったけど、それはまだ恥ずかしい。代わりに、肩にそっと寄りかかって言った。

「また会えて嬉しい」

「愛してる（Ich liebe dich）」

「えっ？」

「僕を見つけてくれてありがとう」

Sは赤くなった顔を背けたままそう言った。もう片方の手で涙を拭いながら。

「シャーリーはどう過ごしてたの？」

「話すと長いんだけど」

「聞くよ、ぜんぶ」

私たちは立ち上がった。

Hidden Track

元気？

うん、知ってるよ。元気だってことは。さっきまで電話で話してたのにこんなこと訊くのも変だけど、適当に聞き流してね。

季節が反対だから、オーストラリアはもうすぐ夏だね。ロンドンの冬はどう？　学校の友だちが交換留学でロンドンに行ってきたんだけど、ずっと天気が悪かったって嘆いてたよ。韓国に帰ってきたばかりのときは、あまりにも天気がいいもんだから泣きそうになったって。それでね、言ってやったの。天気ならオーストラリアが最高、オーストラリアの春空と秋空は世界レベルだって。そしたら、オーストラリアかぶれだって言われちゃった。自分こそ口を開けばイギリスのことばっかりのくせに。まあ、その子の話はほぼ文句なんだけどね。

韓国に帰ってきてもう三か月。最近じゃ、世界中どこに行ってもほとんど同じようなもんだし、海外生活といってもたったの一年半だったから、帰国して馴染むもなにもないだろうなって思ってたんだけど、あったのよ、意外と。逆カルチャーショックっていうの？　地下鉄とかバスで知らない人と目が合ったときに、ニッて笑う習慣とか。初めてオーストラリアに行ったときも、笑顔で軽く挨拶されることになかなか慣れなかったんだよね。でも、いざ韓国に戻ってきて同じようにすると、気まずい空気になることがけっこうあってさ。そりゃ、いきなり笑いかけられたら反応に困るよね。目を逸らしたり不思議そうに見つめてくる人がほとんどだけど、たまに、え？　今こっち見て笑ったの？って表情できょろきょろする人とか、なかには、知り合いかどうか確かめるみたいに目を細めてぎこちなく笑い返してくる人もいたっけ。

お母さんは元気だよ。手術してしばらくはナマものも食べちゃだめだし、旅行にも行けないから憂鬱《ゆううつ》だったみたいだけど、術後一年経過してとくに異常も見当たらないから、そろそろふだんどおりの生活に戻ってもいいんだって。でも、正直なにがそんなにつらかったのか疑問なんだよね。だって私が知るかぎり、お母さんは刺身も食べないし家に引きこもってるのが好きな人だから。多分、病院で止められたことを本当にやりたくてつらかったんじゃなくて、あれもだめ、これもだめって禁止されることがストレスだったのかも。とにかく、お母さんは相変わらず刺身も食べないし、旅行にも行かずに元気に過ごしてる。

お父さんとは秘密でつき合ってるみたい。だれに秘密なのか訊いたら、メディアとおばあちゃんだって。メディアはともかく、おばあちゃんはなんで？って尋ねたら、再婚しろってうるさいからに決まってるでしょ、結婚なんて二度とご免よ。だってさ。彼《オッパ》とは一生恋愛してるのがちょうどいいのよ。まあ、あんたみたいなお子様にはわからないでしょうけど。とかなんとか言っちゃって。

正直、私は二人に別れてほしいんだけどね。精神年齢は私とどっこいどっこいなのに、よりを戻したからってお母さんが大人ぶってるのが見るに耐えないっていうか。それに彼《オッパ》って呼ぶの、ほんとやめてほしいわ。

半分は冗談（半分は本心ってことね）。でもまあ、二人とも幸せそうでなにより。いつまでも私のことを子ども扱いして、あとで痛い目を見るお母さんのことを想像するとちょっと楽しみだったりもするし。私、ひねくれすぎ？　それでなんだけど、ミュンヘンで会う前にソウルで先に会いたいな。ね？　すごく自己中でしょ、私。

本当はどこでもいいんだ。クリスマスを一緒に過ごせるなら。

それはそうと、私たちがパースで再会したときの動線をチェックしてみたんだけど（知ってるでしょ、私けっこうしつこいのよ）、やっぱり納得いかないんだよね。ほら、この前けんかしたとき言ってたでしょ？　シャーリーがメルボルンにいたらもっと早く会えてたはずだし、あの一連の騒動もなかっただろうって。でも、よくよく考えてみると、会うのはどのみち難しかったと思う。もし私がほかの仕事や宿を見つけてあのままメルボルンにいたとしても、ドーラは絶対に私のことをあなたに教えなかっただろうし、私は多分、お母さんが病気だって知ればすぐに韓国へ行っただろうから。もしそうだったら、私のいないオーストラリア大陸を一人で遊覧することになってたかもね。ちょっと待って。じゃあ、うちの両親がよりを戻したのも、私がメルボルンに残らなかったせいってことになる？
嫌味っぽくなっちゃったけど、あなたの言うことも正しいと思う。ワーキングホリデーじゃなくても、私たちはどんなに遠回りしてでもお互いを見つけて再会していたはず。どこにいてもあなたの声は紫色で、私の名前はシャーリーだから。

オーストラリアでそれなりに苦労したと思ったのに、もう恋しくなっちゃった。帰国してすぐの頃は、胸にぽっかり穴が空いたみたいだった。ブログでワーキングホリデー日記をつけてる人なんかを見てると、帰国したあと、なんとしてでもオーストラリアに戻ろうとする人もけっこういるみたい。その気持ちもわかる気がするな。オーストラリアで仕事終わりに見上げる、雲ひとつない真昼の空、そういうのも忘れられないけど、なによりも、そこでの記憶があまりにも鮮明に残っているから。だってワーキングホリデーに行くのは、たいていは血気盛んな年頃でしょ？　若すぎるでもなく大人すぎるわけでもない体に、勇気をいっぱいつめ込んでオーストラリアに行くんだから。その記憶のなかの自分が、今の自分と同じくらい、もしくはそれ以上にありありと感じられるのは当たり前かも。私がそうだから。これまで生きてきたなかで、いちばん勇気を振り絞った瞬間。工場で、農場で、ホテルで、飲食店で、ワーキングホリデーに行くまでは想像もできなかった大変なことも経験もしたけど、それも含めてぜんぶよかった。つらくなかったたっていう意味じゃなくて、つらかったことまでひっくるめてぜんぶよかったたってこと。

とくによかったのは、私たちが初めて会ったときに一緒に過ごした時間かな。でも、二人でいた瞬間だけじゃなくて、あの日、あのときの出来事が丸ごと思い浮かぶんだ。ドーラやマスターのことを思い出すときだってあるんだから。みんなどう過ごしてるかな？

もちろん、いちばん気になるのはシャーリー・クラブのおばあさんたちのこと。クラブのニュースレターが届くこともあるし、個人的にメールのやり取りをしているおばあさんもいるけど、それぞれのシャーリーじゃなくて、シャーリー〝クラブ〟は健在なのかなって。クラブのニュースレターには訃報《ふほう》も載ってたりするんだ。何度も話したけど、シャーリーっていう名前は古風な名前で、クラブのメンバーはほとんど高齢でしょ？　訃報のメールを受け取ると、悲しい気持ちになると同時に、シャーリーという名前が絶滅していくような妙な気分になるっていうか。もうすでにたくさんの名前が消え去っているだろうから、今さら騒いだってどうしようもないし、受け止めるべき事実なんだろうけど。それでも、シャーリーという名前の人が地球上からいなくなる日が、ゆっくり、すごくゆっくり来たらいいのにって思う。まさか、私がこの星の最後のシャーリーってことはないわよね。ちょっと風変わりでダサい名前をつける親はいつの時代にもいるものだし、私が知らないどこかに、十歳や二十歳の幼いシャーリーもきっといるはず。案外たくさんいたりして。多分女の子だと思う。成長する過程で、たまには、いや、しょっちゅうからかわれたりもするだろうし。できることなら、その子たち一人ひとりに教えてあげたいな。この名前がどんなに素晴らしいか。

そんな気持ちやあんな気持ちをぜんぶ込めて、シャーリー・クラブの、クラブに献呈するための歌を作ってるところ。私たちはみんなシャーリーで、それと同時に、唯一のシャーリーだっていう歌。他人が作った歌を歌うとき、いつも思ってたんだ。この歌を作るとき、作詞家は、作曲家は、どんな状況でなにを考えてたんだろうって。今はちょっとわかるような気もするし……それでも、考え方は人それぞれだから、そんなのが気になるのはやっぱり自分だけなのかなって思ったり。

私がよく考えるのは、あなたのこと。だれを探してるの？って、初めて声をかけられた瞬間の、あなたの紫色の声をよく思い出す。この歌を歌うときは、だれもかも、みんな紫の声になってほしい。ライラックみたいな紫は、シャーリー・クラブのシンボルカラーでもあるから。歌詞なんて韓国語でもうまく書けないのに、英語で作詞しようとすると内容が幼稚になっちゃうんだけど、いつかクラブのみんなとこの歌を歌うことを想像しながら作ったんだ。ヒントをあげるなら、そうだな。バリで一緒に泳いだときに、私が浮き輪の上で口ずさんでたメロディーで始まるってこと。タイトルはなにかって、訊いたでしょ？あのときは秘密って言ったけど、実は秘密でもなんでもないんだ。だってあなたは、この歌のタイトルをもう知ってるだろうから。

　そして、シャーリーである私としては、シャーリーがこの世でいちばん愛する人であるあなたに、世界で初めてこの歌を聴く権利があると思うの。

　じゃあ、歌うよ。もう充分照れくさいから、歌がいまいちでも笑わないでね。いち、に、

あとがき

恋に落ちたとき、ある人は歌を歌い、ある人は絵を描き、ある人は家を建て、ある人は料理を作り、またある人は物語を書く。

そして私たちは、ひょんなことがきっかけで恋に落ちたりもする。その人が走ったから、笑ったから、ただちょうどあのとき、あの場所にいたから。そして、恋するということは動詞なのだと気づかされる。おかしな言葉だけど、まさにそうだ。

物語を作る人のなかに、私もいる。私が登場しない私の物語のなかで、私はいちばん正直に恋について語ることができる。これもちょっとおかしな話だけれど。

顔すら思い浮かばない人たちの過去のやさしさに泣きたくなるのは、思い出したくない弱い自分がふと顔をのぞかせるから。ごくわずかな愛で、自分がとても脆《もろ》い人間だということを思い知らされる。毎回、そうだ。

それでも、最後にはこう言うだろう。愛に関してだけは、私たちみんな、素質があると。〝私たちみんな〟。この言葉は、無力な自分に手を差し伸べてくれる。いつか、かすかな愛にたどり着けるように。

こう考えると、なぜか少し強くなれるような気がする。

二〇二〇年八月

パク・ソリョン

訳者あとがき

本書は、二〇二〇年八月に韓国で刊行された『ザ・シャーリー・クラブ』（民音社《ミヌムサ》）の全訳である。著者のパク・ソリョンは、一九八九年、江原道《カンウォンド》鉄原《チョロン》生まれ。高校時代に〈大山《テサン》青少年文学賞〉で金賞、〈文学トンネ青少年文学賞〉で大賞を受賞し、文芸創作特待生として建国《コングク》大学に進学。ハン・ガン、キム・エランなどの作品を読みながら早くから執筆活動をはじめた著者は、二〇一五年、短編小説「ミッキーマウス・クラブ」で〈実践文学〉新人賞を受賞してデビューを果たした。二〇一八年には、朝鮮の労働運動史上はじめて高所での占拠闘争を繰り広げた女性労働者の半生を描いた長編小説『滞空女――屋根の上のモダンガール』（萩原恵美訳、三一書房）で第二十三回〈ハンギョレ文学賞〉を受賞、二〇二一年にミソジニーをテーマにした短編小説「あなたのママがあなたより上手いゲーム」で〈若い作家賞〉を受賞するなど、旺盛な創作活動を続けている。

著者の書く物語はどれも女性を中心としたストーリーという明確なテーマを持っている

が、作品を発表するたびにまったく異なる作風で読者を驚かせている。差別と抑圧のなかで厳しい生き方を強いられる女性たちの姿を描いたこれまでの作品とは打って変わって、『シャーリー・クラブ』は青春小説のようなみずみずしい作風が魅力であると評され、韓国でも若い読者を中心に根強い人気を誇っている。

この作品は、〝シャーリー〟という名前の共通点のもと、人種と世代を超えて喜怒哀楽を分かち合う絆《きずな》と連帯の物語である。親の離婚と孤独な学生時代のトラウマで心を閉ざしていた主人公が、ワーキングホリデーで訪れたオーストラリアで、人種差別に傷つき、職場を不当解雇され、シェアハウスを追い出されたりと苦悶《くもん》しながらも、愉快であたたかいシャーリーたちに支えられ、徐々にたくましく成長していく過程が描かれる。

この本は、語り手の「ソリ」が、ワーキングホリデー中に出会い恋した「S」のために録音したカセットテープに見立てて構成されている。目次は大きくSIDE AとSIDE Bに分かれており、SIDE Aではシャーリー・クラブ、そしてSとの出会い、SIDE Bでは主にSとの再会を果たすためのソリの旅程が描かれる。それぞれのトラックごとに、一時停止ボタンのあとにはSに宛てたメッセージ、再生ボタンのあとにはオーストラリアでの日々を振り返るソリの独白が交互に叙述される。

ワーキングホリデーとは、青年（通常は十八歳以上、三十歳以下）が、二か国間の取り決めに基づいてビザの発給を受け、多くは一年間、海外に長期滞在できる制度である。旅行や留学とともに一定の就労が認められている点が大きな特徴だ。異国の人や文化に触れながらさまざまなことにチャレンジできるワーキングホリデーは、まさに若者の特権ともいえる。

題名となっているシャーリー・クラブはオーストラリアに実在するクラブで、主人公ソリのモデルは著者のパク・ソリョン自身である。著者は、二〇一四年にオーストラリアでワーキングホリデーを経験しており、当時実際にシャーリーという英名を使っていたそうだ。メルボルンカップ・カーニバルのパレードでシャーリー・クラブの行進を実際に見たこと――作中でソリは勇敢にもシャーリー・クラブを追いかけていったが著者はできなかったという――が、物語を書くきっかけになったと語っている。

作中では、ワーキングホリデーという非日常と、そこで直面する数々の試練、そしてそれを乗り越えていくという成長記の王道ともいえるテンプレートを取り入れつつ、随所にさまざまなメッセージを自然に溶け込ませている。アボリジニの「盗まれた世代」の歴史、多文化家庭、人種差別、親の離婚を受け入れる子の姿勢など、一見堅苦しくなりがちなテーマが押しつけがましくなくすんなりと心に伝わってくるのは、語り手であるソリの目線から、その時々の想いや心情が等身大の若者の言葉で素直につづられているからだろう。ソリは、自分の感情に率直で、思ったことをストレートに口にし、アジア人差別には敏感なわりに、オーストラリアでフィッシュ・アンド・チップスが有名なことを不思議に思ったり（オーストラリアがかつてイギリスの統治下にあったことに思い至っていない?）と、若さゆえの未熟さも見受けられるが、憎むことのできない、見守りたくなるような人物として描かれている。本文から、ソリは人の声を色として感じる共感覚の持ち主であることがうかがえる。想像力と感受性が人一倍豊かなソリの目を通して映し出される鮮やかで躍動的な世界もまた、本書の魅力だといえる。

作品のテーマは一貫して「愛」である。そして、ここで描かれる愛は、かならずしも崇高で特別な感情ではない。シャーリー・クラブのおばあさんたちが、名前という偶然性だけでソリを受け入れ、行く先々でソリの無謀かつ勇敢な挑戦を励まし手を差し伸べてくれたように、異なる環境、言語、文化のなかで育った私たちが共存できるのは、その違いの裏にある真の姿、その人のありのままを愛せるからだという、連帯の本質に触れている。国籍も人種もわからないまま、紫の声という固有さゆえにソリがSに惹《ひ》かれたというところからも、個別の関係性のなかでアイデンティティを模索しようという著者の意図が垣間見られる。

訳者である私自身、韓国にルーツを持ちながら日本で生まれ育った在日コリアンで、現在は在外国民として韓国で暮らしている。そのため、どこにも属せず自分が何者なのか苦悩する「宙ぶらりん」の状態のSの立場に強く共感せざるを得なかった。だからこそ、アイデンティティとは国籍やバックグラウンドにとらわれない普遍的なものであり、なんの偏見もなく自分を受け入れてくれる人に出会い、ありのままの自分でいられる居場所を見つけ、そのなかで絆を築いていくことで自分というものをかたちづくっていくものなのだという、本書のメッセージに強く励まされた。

この分け隔てのない関係は、「あなたが何者だろうがどうでもいい」という無関心とは違う。ともすればそれは、アイデンティティに悩んでいない（悩まなくてもいい立場にいる）人の、善意を装った疎外にすぎないのではないだろうか。価値観や生き方が多様化する時代だからこそ、アイデンティティの迷いはだれにでも生じうる。シャーリーたちが見せてくれる無償の愛と連帯は、いつになく排除と嫌悪が蔓延《まんえん》するこの時代に多大な勇気を与えてくれるだろう。そして、ほんの小さな共通点があるだけで人はつながることができ、私たち自身もたくさんの〝シャーリー〟に支えられて生きているということを思い出させてくれるはずだ。

人と人との関係からはじまる連帯とは、その人をその人たらしめるものを理解し、受け入れ、尊重し合うことで、「自分でもよくわからない自分を、だれかが見つけてくれる」

という経験を積み重ねていくことなのかもしれない。
この本を手にとってくださった読者の方々も、いつか「見つけてくれてありがとう」と言える人に出会えますように。そして、あなた自身もだれかにとってそんな存在であるということを、ただそこにいるだけで愛される大切な人であることを、どうか忘れないでほしいと思う。

二〇二三年四月

李聖和